目錄

NieR:Automata 長話

序章

NieR:Automata 長話

西曆五〇一二年，來自外太空的外星人開始侵略地球，人類文明在外星人的兵器「機械生物」手下滅亡，倖存者前往月球尋求生路。

西曆五二〇四年，設置在衛星軌道上的十二座基地派出人造人展開反攻，單單這一年就執行了十餘次的大規模空降作戰，不過並未對以量取勝的機械生物造成決定性的打擊。

在此之後，戰況陷入長達數千年的膠著狀態。為了打破現狀，人類軍著手研究、開發寄葉型人造人，做為對機械生物的決戰兵器。他們用試作機不斷實驗，終於製造出最初的寄葉型機體。時間為西曆一一九三七年八月，從開始開發新兵器的時候算起，已經有百年多的時光流逝而去。

西曆一一九四〇年十二月，十三號衛星軌道基地「地堡」啟用。翌年十二月，十六架新型實驗機組成的寄葉部隊執行「空降珍珠港作戰」，最終卻失去十五架，殘存的攻擊型二號也選擇逃亡。儘管成功破壞了卡阿拉峰山的敵軍伺服器，十六架寄葉型卻無人回歸。

西曆一一九四五年三月，寄葉部隊執行「第243次空降作戰」。隊長機一號D型、二號B型、四號B型、七號E型、十一號B型、十二號H型共六架，搭乘飛行裝置試圖降落到地面，進以破壞工廠廢墟的超大型機械生物。然而機械生物的應對速度，卻超出制定作戰計畫時的預測，甫進入大氣層就有四架嚴重受損，一架下落不明。僅有唯一的倖存機體二號B型（此後以2B代稱）與事先遣至當地勘查的九號S型（此後以9S代稱）會合，繼續執行任務。

2B、9S進入化為機械生物製造工廠的工廠廢墟探索，發現超大型兵器。該兵器導致9S受損，2B得到9S飛行裝置的控制權，將其擊破。緊接著，兩人被數具同規模的兵器包圍，放棄向司令部請求支援，利用黑盒反應自爆，殲滅數具超大型兵器。

2B、9S的義體，以及隨行支援裝置・輔助機042三臺、153三臺，於爆炸中消失。

由於全機同時遭到破壞，地堡無法及時提供隨行支援裝置的後繼機與寫入程式，導致當下僅有一臺輔助機可供使用。這會對作戰行動造成嚴重的負面影響，因此建議今後執行該行為前，須盡快上傳輔助機程式至地堡，並將其記錄為注意事項。

此外，由於通訊頻寬因素，無法備份兩人份的自我資料，僅有2B的資料完成上傳。此乃9S的自我犧牲行為，然而基於某種原因，2B的精神狀態可能會受到影響。此點也該列為注意事項。

不只在空降作戰中失去了複數寄葉機體，近期派至地面的隊員下落不明的事件也層出不窮。基於上述理由，縱使才剛殲滅超大型兵器，2B、9S兩機就再度接獲前往地面的命令。

向當地的抵抗軍蒐集情報，以抵抗軍營為據點，調查、破壞敵人……這是表面上的任務，2B預計還會接到另一項任務。司令官親自下達的機密任務。

只不過，要於何時、何地執行該任務，目前尚未決定。此外，同行者9S並不知情。

而我等同樣也有未公開的任務。時期自是未定，2B、9S兩人——不，放眼所有人造人，想必都不會有知情的一天。

報告：輔助機042呼叫153，已記錄至內部網路。

建議：迅速回歸通常任務。

第一章

第一章

NieR:Automata 長話

2B的故事／啟動

目標位在有點不方便戰鬥、極為神祕的場所。

「奇怪。座標資料應該沒錯啊……呃，哇！」

9S絆了一下，大概是腳陷進沙子裡了。2B簡短地叫他「小心點」。

「這附近還沒偵測到敵性反應。」

根據情報，近期沙漠地帶出現大量凶暴的機械生物。為了驅逐他們，2B與9S一同來到沙漠的營地。兩人打算向駐守在沙漠的抵抗軍詢問詳情後，正式展開驅逐任務。

然而，他們卻找不到要提供情報的那個人。地點確實是這裡沒錯，稍早遇見的士兵也告訴他們「我的夥伴就在前面的岩場等著」。

沙地上到處都看得見堅硬的岩石露出地表，四面被層層疊疊的山崖環繞。不管從哪個角度看，這裡都是「岩場」，況且兩人已經走到盡頭，所以也沒有「更前面的地方」可去。

「輔助機，再把地圖資料——」

2B正準備叫隨行支援裝置——輔助機042重新計算座標，9S突然大聲叫道：

「2B！在那裡！」

他指向2B身後仰角五十五度的位置，凹凸不平的岩架上，有一個人影。

「喂──！」

9S對那人揮手，然而，對方沒有反應。是沒聽見他的聲音嗎？

不對，距離沒那麼遠。那人應該也有看見9S揮手才對，發現他了卻不回應，想必有什麼理由。

例如，可能是沒聽說寄葉部隊要來驅逐機械生物，對他們起了戒心；或是心情非常差，不想跟任何人說話等等。抵抗軍的士兵與禁止擁有感情的寄葉隊員不同，不是沒有可能。

「我們主動過去比較快。」

2B直接跳上岩石，9S雖然不滿地叫著「咦──」，還是乖乖跟在後頭。從下面無法分辨那人的性別，不過跳到岩架上後，可以看出那是一名披著長斗篷的女性士兵。

「我叫怪卡絲，多多指教。」

聲音比想像中還親切，看來她剛才之所以不回應，並非心情不好。

「我從首領那聽說了。你們要幫忙擊退那些沙漠的機械？」

2B點點頭。

「那我得打開封鎖的入口。」

她的語氣透出一絲喜悅，相對的，9S納悶地詢問怪卡絲：

「嗯……可是妳為什麼要站在那麼奇怪的地方？」

「噢，你說這裡嗎？那是因為……」

怪卡絲揚起嘴角——下一刻，震耳欲聾的爆炸聲響徹四方。一陣熱風接著迎面撲來，等到沙塵散去後，剛才無路可走的地方出現一條狹窄的道路，那就是通往沙漠的「入口」。

「被捲進去不是很危險嗎？」

怪卡絲說的「打開」，是「炸開」的意思。

＊

「好粗魯的人喔。」

9S走在瀰漫燒焦味的小徑上，嘆著氣說。2B雖然也被怪卡絲的做法嚇了一跳，卻不覺得她有9S說的那麼粗魯。非把那條路炸開才過得去，反過來說即代表戒備就是如此森嚴。怪卡絲只是在做好自己的工作。

「沒問題。」

她剛才無視9S的呼喚，說不定是想將兩人引到不會被爆炸波及的地方。事實上，2B他們就是因為怪卡絲對他們毫不理會，才會移動到那裡。也就是說，她用最省事的方法達成了目的。雖然也有可能只是出於好玩。

「況且也得到敵人的情報了。來見她的目的已經達成。」

最近，管線一帶有多數敵人出沒。那是現今已無法使用的老舊管線，機械生物們不知為何喜歡那種東西，不過對2B來說倒是求之不得。有個明顯的目標物，就不用在漫無邊際的沙漠中盲目尋找。

2B不是第一次來到沙漠地帶，所以她很清楚沙漠有多麼棘手、多麼令人煩躁，是個不管踏上多少次都無法喜歡的地方。不僅如此，她在沙漠地帶及其周遭有過不愉快的經驗，每次走訪都會不受控制地想起以前發生的那些事，鮮明地想起。

「差不多要到了吧……？」

9S壓低音量。敵性反應正在接近，眼帶內部的探測器顯示著紅色，代表敵人距離極近。然而，在可視範圍內並沒有看見敵人的影子，放眼望去全是沙子的顏色，以及斷斷續續延伸到地平線的管線的鐵鏽色。

突然，沙子用力噴向上空，黑塊伴隨刺耳的金屬聲跳出來。是機械生物。他們躲在沙子裡埋伏。

圓柱形身體發出吱吱嘎嘎的聲音，五隻機械生物襲向兩人。是用雙足步行的小型體，屬於相當常見的類型，但他們身上統統繫著髒掉的布，還戴著類似動物臉孔的奇怪板子。彷彿在幫自己穿衣服、戴面具……

2B將力量集中於被沙子害得站不太穩的雙腳上，拔出軍刀。隨即睜大眼睛——這群機械生物詭異的不只外表。

「殺……掉……」

與機械生物發出的噪音或雜音顯然不一樣，應該可以稱之為「聲音」吧。

「敵人……排除……」

「語言？機械生物在說話？」

2B感到十分困惑，當下的情況卻不允許她愣在原地。她拿軍刀往揮著金屬手臂逼近的個體砍下去，纏著破布的身體發出刺耳聲音倒向後方。另一隻機械生物從後面直衝而來。

2B不停揮舞軍刀，這段期間，倒在地上的機械生物爬了起來。這點程度的攻擊不足以破壞他們。

她將軍刀換成大劍，跳向半空，利用重力加速度用力往球狀頭部一劈。寄葉型人造人的重量將近一百五十公斤，木頭面具一分為二，金屬製的頭部應聲變成半球體。這樣就先解決一隻了。

她抽出陷進敵人頭部的大劍，順勢揮下去，倒在地上的圓柱形身軀深深凹陷，第二隻。

「2B！快躲開！」

2B躍向後方，拉開距離。動作異常的機械生物身體開始震動，隨後便爆炸了。9S駭進他體內搶走了控制權，旁邊的個體也被捲入爆炸中，化為金屬殘骸。

剩下一隻在輔助機042與153的集中砲火中倒下。以五隻敵人來說，驅逐他們耗費的時間比預料中還長。

抵抗軍的首領說他們「凶暴又難纏」並非誇飾。若非專門用來戰鬥的寄葉型，確實應付不來。

「這些傢伙為什麼要在身上裝備多餘的東西？」

繫在身上的布、遮住臉部的面具，外表和會說話的特性，都是在廢墟都市出沒的個體所沒有的。

「感覺和以前人類的穿著有點像。」

9S說，他在人類文明時代的資料中看過那副模樣。

「這麼說來，他們在臉上抹的顏料……也很像團體特有的妝。」

「機械在模仿人類文明？為什麼？」

「我認為他們這麼做並沒有意義。」

9S嘴角揚起一抹嘲諷的笑容。「也是」2B暗忖，區區的機械。

「前方也有敵性反應呢。」

9S嘴角的笑容消失，取而代之的是不耐煩的表情。

「如果只有這五隻，稱不上大量出現。」

「說得也對。」

他深深嘆了口氣。

＊

兩人沿著管線移動，經歷數場戰鬥。遇到的機械生物同樣全是好戰的個體，不過對付起來並沒有第一次那麼辛苦。儘管有那麼一點強，只要是習性相同的敵人，難度就會隨著戰鬥次數增加而下降，因為他們會逐漸習慣。

發出疑似在說話的聲音、模仿人類穿衣——明明擁有這些特性，戰鬥時的動作卻非常單調。

敵人以五、六隻為一組行動。不曉得是否有各自的地盤，他們大多會留在原地戰鬥，也可能只是不懂得利用地形，移動到對自己有利的位置。然而——

「不要……好可……怕喔……」

「……救、救……」

「救救我……」

2B睜大眼睛。救命、求救，她知道這些機械會發出類似語言的聲音，卻從沒想過他們會說這種話。

9S似乎發現2B揮劍的動作變遲鈍了，放聲大叫：

「2B！他們只是隨機發出一些辭彙罷了！」

沒錯，機械說的話不具意義……

2B繼續摧毀不斷說著「救命」的個體的頭部，砍飛從旁衝來的個體，比想像中還輕的機械生物滾落斜坡。

「再說，一邊求救一邊發動攻擊，未免太矛盾了。」

是啊——2B點頭肯定。機械終究是機械，只要迅速將其破壞即可。

這時，倒在斜坡下的個體跳了起來。看來2B那一擊沒有把他徹底破壞。

「會死　快逃　快逃　可怕」

機械生物立刻轉身飛奔而出，速度快到跟剛才完全不能比。2B半是無奈地心想，所謂的「逃起來比什麼都快」，大概就是指這麼一回事。

＊

機械生物逃進的地方，是立方體建築物四處林立的廢墟。

「那是……？」

０４２在旁邊回答２Ｂ的疑問。

「回答：曾經是人類住宅區的廢墟。眾多人類居住在由鋼筋水泥構成的高層建築物中，通稱『猛瑪聚落』。」

猛瑪？２Ｂ一頭霧水，但她沒有繼續多問。她不認為這個問題對現在的任務來說是必要的，也沒有S型那麼強烈的好奇心。

「竟然特地聚集在一起居住……」

不出所料，９Ｓ對這個情報表示出興趣。

「這一帶是不是從以前就是危險地區呢？」

回答這個問題的是１５３。輔助機基本上只會與支援對象交談，除了必要時刻，２Ｂ的問題基本上都由０４２、９Ｓ的問題則由１５３回答。

「否定：人類之所以群居，是基於土地不足這個經濟上的理由。」

９Ｓ「哦」了一聲。

「人類真奇怪。」

並非奇怪，只是人造人無法理解吧。區區一名人造人想理解創造自己的人類，實在太猖狂了。

無論如何，「猛瑪聚落」這個人類的住所，如今已化為機械生物聚集的棲息地。好幾具機械生物躲在歪歪斜斜的建築物下方。跟在管線附近遇到的一樣，全是會發出類似語言的聲音的好戰個體。

「午安」

「天氣　很好」

「你好」

果然只是在發出不帶意義的單詞吧。說著「午安」發動攻勢，說著「你好」迎擊敵人。若是理解那些話的意思，怎麼可能會做出這種行為。

目標──那具「逃得很快的個體」穿過新出現的機械生物之間，逃向廢墟深處。輔助機在他身上標記了個體識別訊號。

疑似目的地的地點也有敵性反應。而且數量非常多，說不定是在管線旁邊出沒的機械生物的源頭。既然如此，只要不制壓此處，就不算驅逐完沙漠中的機械生物。

2B一面破壞從暗處衝出來的個體，向深處前進。與目標的距離漸漸縮短。

「好煩！　快逃！　必須快逃！」

「他是拿什麼當標準選擇辭彙的啊。」

9S喃喃自語。確實如此，目標物選擇的辭彙符合當下情況。並非無意義的排列。

機械生物也擁有某種程度的學習能力，聽說他們身上還會發生無限接近於「進化」的現象。只不過，他們真的有辦法選擇有意義的辭彙——也就是表達意思和進行對話嗎？

學習語言與智慧有著密切關聯。不僅如此，研究人類文明的歷史可以得知，智慧乃文化的泉源。倘若「區區機械」做得到這種事……

２Ｂ忽然絆了一下。多餘的疑問占用部分的思緒，導致她踢到腳邊的障礙物。障礙物的觸感異常柔軟，２Ｂ覺得很可疑，望向腳邊，視線立刻僵住。

「這是……!?」

是人造人的屍體。為何會在這種地方？２Ｂ還沒問出口，９Ｓ就率先吶喊。

「２Ｂ！妳看！」

屍體不只一具。嚴重傾斜的建築物及鋼筋的影子，導致這一帶光線不足，不過看得見地上有好幾具屍體。然而，現場並沒有發生過戰鬥的痕跡，代表他們是死後被從其他地方搬過來的。

「感覺像有人把他們集中在這裡。」

不僅如此，那些屍體前方還有個昏暗的洞窟，彷彿在說「沿著屍體走就能抵達目的地囉」。

「在那裡！」

目標跳進洞窟中的暗處，消失不見。八成是往裡面逃了。

「前面有機械生物的反應，而且數量很多。」

「小心前進吧。」

前面依然到處都是人造人的屍體，這次2B慎重地前行，以免又被絆到。然而，這點程度的注意並不足夠。

腳邊傳來不祥的聲音，下個瞬間，身體便陷入地面。9S大聲驚呼，直到再次撞擊地面後，2B才發現他們整個人摔了下去。

首先映入眼簾的，是天空。看來這裡是巨大豎穴的底部，石壁上貼著門窗等建築物的殘骸。是蓋在地底的建築物屋頂崩塌了嗎？還是因為地盤下陷的原因，地上的建築物掉下來摔爛了……

2B板著臉坐起身，受到了些微傷害，但不至於影響戰鬥。她站起來急忙環視周遭，確認狀況……接著懷疑自己是不是看錯了。

大量的機械生物。

「這是，怎麼回事……」

起初她以為他們正在跳舞，機械不可能會跳舞，不過眼前的光景比這更加光怪陸離。

機械生物兩兩一組晃著身體，不停碎念著「小孩、小孩、小孩」，由此可以推測他們正在做什麼。這些機械生物在模仿人類的生殖行為。

強烈的厭惡感襲來，光用「噁心」一詞根本無法形容。

「把他們破壞掉吧。」

2B點頭贊同9S，事到如今，機械生物不發動攻擊反而更讓人惱火。他們專注在那個行為上，沒發現敵人近在眼前……

「輔助機！發動遠距離射擊！用最大火力！」

她下達指示，揮下大劍，將兩人一組的機械生物一同摧毀或踢飛。此時，機械生物才終於開始反擊。

「喜歡　喜歡　喜歡」

「永遠在一起吧」

「我愛你　我愛你」

他們說著完全不符合情境的字句衝過來。

不曉得是不是因為厭惡感，2B明明持續揮舞著大劍，劍的重量卻完全沒有對她造成負擔。必須盡快將他們驅逐的意志掩蓋過疲勞感，說不定這是她第一次感覺到破壞行為具備如此重大的意義。

四周逐漸堆滿機械殘骸，金屬片伴隨暴風從空中落下。值此之際，機械生物的動作突然產生變化，每一隻都雙手抱頭，在原地轉圈，發出的聲音轉換成其他字句：

「這樣下去　不行」
「這樣下去　不行」
「這樣下去　不行」

簡直像在煩惱該如何化解只能一味防守的戰況。他們是怎麼拼湊出「這樣下去不行」這種說法的？

機械生物停止反擊的時刻正是大好機會，不知為何，他們正陷入混亂。2B判斷應該接著攻擊、舉起大劍的時候，機械生物的行為又變了。他們同時開始移動，遠離2B與9S，速度比逃跑時還快。

「這是……？」

機械生物攀上附近的牆壁及柱子，一窩蜂地往上爬，大概是為了閃躲兩人的攻勢。這個畫面有如群聚在植物上的無數蟲子，相比剛才的景象在另一種意義上令人心生厭惡。

最後，機械生物群化為一顆巨大球體。2B心想，這顆球好像某種東西，不曉得在哪份資料上看過的——某種東西。

巨大球體開始發光，白光逐漸變強。球體膨脹得越來越大，直到球上慢慢出現裂痕，2B才終於回想起來。想起這顆球像什麼。

是繭。昆蟲的繭。她在地面的資料上，看過成蟲破繭而出的畫面。

透明黏液從裂縫滴落，發出滴滴答答的聲響。2B反射性向後退去的瞬間，繭破了，掉出沾滿黏液的物體。

「人造人!?」

形狀無疑是人型。從體格來看，推測是男性，髮色和2B及9S很像。

男子搖搖晃晃地起身，絲毫不因為自己一絲不掛而感到羞恥，抬頭睜開雙眼。

「不對……這傢伙是機械生物！」

9S大叫道。2B也感覺到機械生物特有的電波，然而，男子的外表實在跟他們人造人太過相似。

男子的雙眸閃出紅光，是機械生物將對象判斷為敵人時的光芒。

2B停止思考，揮下大劍。無論外表如何，機械生物就是機械生物，最好盡快驅除。

類似血液的紅色液體飛濺——是跟機械生物的油截然不同的液體。雖然傷到了這個男人，卻不足以致命的樣子。他後退了幾步，呻吟聲自口中傳出。

2B繼續攻擊男子，可惜還是沒辦法解決掉他。這人的速度比想像中還快。

她將大劍換成軍刀，大劍太重，使用起來動作無法避免地會變大，就算攻擊再怎麼強力，打不中就毫無意義。

「人造……人……」

單純的呻吟聲轉變為字詞。2B並不驚訝，來到這裡的途中，她已經目睹過許多個體會發出類似言語的聲音。然而——

「刀……躲開……」

有一定速度的刀刃劃過虛空，不知何時，男子學會閃躲了。而且仔細一看，剛才的傷口也已經徹底癒合，他甚至擁有自我修復能力——不，搞不好這也是不久前才學會的。

男子突然壓低身體，抬起一隻腳。動作雖然拙劣，似乎是想試著反擊。

「他在進化？」

這已經超過機械生物的學習能力了。在短短幾秒的戰鬥中就學會迴避與攻擊，真不敢相信。脫離常軌了。是個棘手的敵人。

「2B，一口氣收拾掉他吧！」

戰鬥拖得越長，男子八成會學得越多，她的直覺是正確的，最好盡快驅除。

兩人同時砍向男子，讓兩臺輔助機從遠距離射擊，勉強阻止他的動作，然後成功在傷口開始修復前對他造成致命傷。9S從背後，9B從正面，兩把軍刀貫穿對手的腹部，男子終於倒地。

「這是……機械生物？」

9S低聲說道，語氣半是困惑，半是驚愕。2B也在思考同樣的問題。這個手感，跟至今以來戰鬥過的任何一隻機械生物都不一樣。

柔軟的肉、溫暖的體液，兩者都和人造人相同。和在戰場上喪命的夥伴們相同。有可能嗎？機械僵硬的身體裡流的，難道不是冰冷的油嗎……

可惜，思考時間到此結束。男子的傷口突然閃爍白光，與機械生物製造出的大繭發出的光類似。傷口一邊發光，一邊規律震動。

「難道……!?」

接下來的話，她沒有說出口。白光越來越強，覆蓋住男子的腹部到胸部，肌膚上出現裂痕，就像巨大的繭裂開時那樣。

刺破男子肌膚的，是一隻手。那隻手像要找尋物體抓取似的張開手掌、伸長手臂。隨後裂縫撐開，又出現一隻手臂。雙手，接著是頭部、頸部、身體。

「什麼……」

從男子的傷口出現的，是外表與他如出一轍的男人。

「竟然又增加一個……」

不知道第二名男子擁有什麼樣的能力，最好將他視為至少具備跟剛才那名男子同等的學習機能。若是這樣，不快點打倒他就麻煩了。

但2B連刀都拔不出來，更遑論打倒他。第二名男子發出咆哮，音量非常之大，這陣衝擊導致坑洞的牆壁開始崩落。2B馬上用雙手摀住耳朵，如此巨大的聲響，可能會對聽覺造成影響。

9S也捂著耳朵，不曉得在大叫些什麼。2B從嘴型讀出他是在說「得逃離這裡」，音波攻擊固然具有威脅，不過坑洞崩塌的危險性更大。

2B急忙左顧右盼，看到牆壁上有個洞口，她跟9S互相使了個眼色，點點頭，飛奔而出。兩人拚命向洞口猛衝，一面閃躲掉下來的瓦礫。根本沒有任何空檔讓他們回頭。

Another Side "Adam"

首先　有　名字

窩是，機械們，窗造出來的。

因威，粗魯的人造人攻擊過來，機械們　淤到危險。遮樣下區，大家都輝被殺光。

機械們，連上網路雕查。他們覺得，邀對付粗魯的人造人，只邀用窗造人造人的東西，人類，就科以了。

科是，人類很多。邀用哪個人類？邀模仿哪個人類？機械們又區網路上雕查了。

然後，他們查到　亞當　遮個名字。是上帝窗造的，第一個人類的名字。窗造人造人的是人類，窗造人類的是上帝。亞當是，模仿　上帝　窗造出來的。

所以，機械們決定窗造亞當。那就是窩。機械們威了窗造窩，用光核心的哩量，不動了。

科是，人造人非常強，窩輸了。災不能動之前，窩連上網路查到了。為了包護自己，該怎麼辦。

答安是　夏娃　遮個名字。窩像機械們用「亞當」遮個名字窗造出窩一樣，也從夏娃遮個名字，窗造出另一個窩，的樣子。

窩說「的樣子」，是因為窩沒有那個時候的　記憶。

之後，我們搬家了。因為窗造出我的機械們，以及我們生活的地方，統統被破壞了。夏娃告訴我，機械們被埋災瓦礫下面，壓得扁扁的，壓得碎碎的。

夏娃什麼事都輝模仿我。那麼，我邀模仿誰才好？

夏娃熱衷於提升運動機能，卻對學習語言及知識沒什麼興趣。玩扮人類遊戲時，他喜歡會活動到身體的遊戲，一要他看書、聽音樂就興致缺缺。

這樣我會很困擾，我們必須變聰明。

夏娃是另一個我。「亞當」與「夏娃」的本質，兩者都是「我」。然而，夏娃總是叫我「哥哥」。那是我的身分，「先出生的人」的屬性。夏娃的身分是「弟弟」，「後出生的人」的屬性。

我們的本質同樣是「我」，卻擁有不同的相貌、不同的心。

我有許多無法理解的事情。人類是被「父母」、「老師」養大、教育，進而得到知識、理解知識的。

但我沒有「父母」也沒有「老師」。我似乎必須自己養大自己、自己教育自己、自己給予自己知識、自己理解知識。

我孤身一人，茫然地站在起點。多麼漫長的道路啊。

有時候，我會思考關於「罪」的問題。因為我們是在被趕出樂園前，親手破壞掉樂園的罪人。被趕出伊甸的人類是因為擁有智慧才得以生存，所以我們肯定需要超越他們的知識與智慧。為了不依賴任何人，用自己的腳站起來；為了不聽從任何人的教唆，靠自己的智慧活下去。

不去需要任何人，沒有除此之外的道路，自律且完美的孤獨。

造物主即為讓我們背負這種宿命的遠因，所以我對造物主抱持著有點複雜的感情。若要為其命名……就稱之為憎惡吧。

第二章

NieR:Automata 長話

2B的故事／共鳴

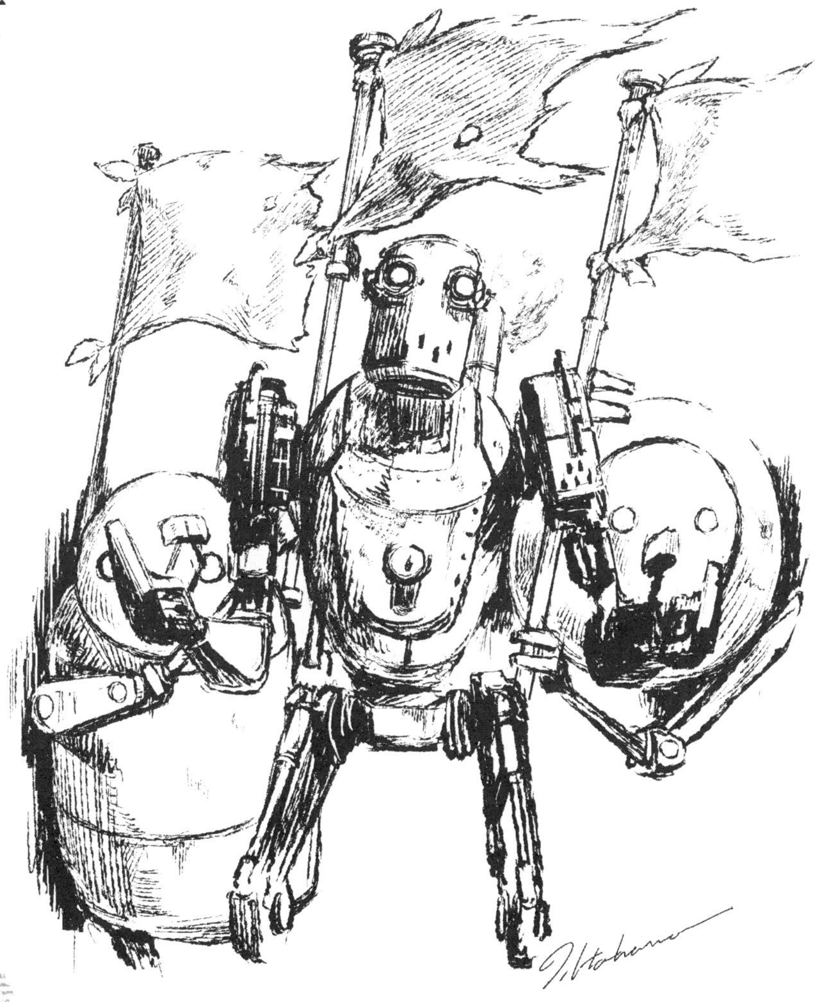

『前往地上的寄葉隊員，有數架失去聯絡。現在還能偵測到黑盒訊號，故推測他們並未死亡。已經分析出訊號來源，我命令停留在地上的寄葉隊員調查這起事件。』

這段訊息簡短，卻讓人覺得不太對勁。寄葉隊員失去聯絡絕非罕見案例，下到地面後會與機械生物交戰，偶爾還會被多數敵人包圍，陷入危機。

只不過，持續偵測得到黑盒訊號確實有點奇怪。黑盒訊號中斷的話，就會視為機體遭到破壞，將自我資料的備份檔安裝進新的義體內。沒備份到的記憶雖然會消失，之前的記憶與人格依然會保留住，所以某種意義上來說，人造人近乎不死。無論迎接幾次死亡，只要有自我資料和身體就能復活。

但是，必須等到確認執行任務中的機體已經被破壞，才會進行「再生」。萬一機體裡的自我資料還留著，會變成存在複數的自我資料，招致混亂。

也就是說，在黑盒仍發出訊號的期間，不管那架機體發生什麼事，都只能選擇放置。寄葉隊員之所以搭載自爆模式，主要目的是防止機密外洩，對隊員而言卻也是用來脫離困境的緊急手段。只要靠自爆破壞身體，就能在地堡重新醒來。

「這麼說來，在抵抗軍營也聽過一樣的消息。」

「最近一直有抵抗軍的士兵下落不明……」

抵抗軍士兵沒有搭載黑盒，因此連是生是死都無從判斷。不過，幾乎所有人都是在同一區域失去聯繫，那一區正是寄葉隊員黑盒訊號的來源。

『你們已經幫忙解決沙漠的問題，不能再給你們添麻煩，可是若能把這件事稍微放在心上，我會很感激的。』

2B想起在地面率領抵抗軍的女性首領——安妮莫寧說過的話。聽她的語氣，可以知道她有多關心同伴。

抵抗軍在地上的活動時期很長。聽說人類軍開始研究、開發寄葉型人造人前，他們就已經在驅逐地上的機械生物。

不曉得安妮莫寧是在哪個時代被派到前線，至少是寄葉型首次執行空降作戰之前。這是從抵抗軍成員的對話中推測出來的。如此漫長的歲月裡，她一直在失去同伴。

2B偶爾會感覺到安妮莫寧強烈的視線。恐怕是在二號型機種的臉上，看見了已逝同伴的相貌。也因此，她們初次見面時安妮莫寧才掩飾不住動搖。雖然她立刻裝出一副沒事的樣子，那眼神、語氣，確實透露出了驚訝與困惑。

就算有人把某個誰重疊在自己身上，2B也不會感到困擾，所以她刻意假裝沒發現。

試圖找出那麼一丁點相似之處，將兩人重疊在一起；明知對方再也不會回來，仍想尋覓僅存的痕跡。失去親近之人就是這麼一回事……

「真擔心其他人造人。」

自己是否也一樣，將某人的身影投射在了另一個人身上？是否也在尋覓著共通點？

「感覺早點過去會比較好。」

「是啊。」

回答9S後，2B著手確認目的地的情報。

＊

音訊不明的寄葉隊員的黑盒訊號來源，離廢墟都市不遠。

然而，崩壞的建築物與發生過變化的地形阻擋了去路，他們只得經由下水道繞過去。單看直線距離明明很近，卻在移動上花了不少時間。

「這裡是……？難道是『遊樂園』？」

由於兩人始終在下水道裡移動，在抵達目的地前，都還不知道那裡是怎樣的地方。不能怪9S被一出到地面就會看見的奇形怪狀建築物嚇到。該建築物不僅形狀異於廢墟都市和沙漠的房屋，還聽得見神祕的聲響。

「爆炸聲？」

聽起來不像強力炸藥的爆炸聲，2B依然反射性握住軍刀。

「不對，那不是爆炸，大概是……呃——」

9S按著太陽穴，似乎是在試圖想起什麼。

「煙火。妳看，就是那個。」

他指向空中，閃閃發光的光粒在上空爆散。沒錯，宛如花一般。

「好像是利用焰色反應做出來的。在空中燃燒不同種類的金屬，讓火光帶有各種顏色，在人類文明中的慶典上是不可或缺的東西。」

然而，現在地上沒有人類。這樣的話，究竟是誰在舉辦這場慶典？

她當然知道答案。

聽說遊樂園主要是讓大人帶孩子來玩，或是大人想回歸童心時會利用的設施。不管怎樣，都是為了人類而建。

機械生物大搖大擺地進入人類留下的設施，擅自使用，並非一天兩天的事。先前兩人殲滅超巨大兵器的工廠廢墟，也被機械生物當成同伴的製造工廠重新利用。

只不過，工廠可以增強兵力，所以還能理解，但她想不通機械生物占據遊樂園的理由。遊樂園裡的機械生物們若不是在歡呼「好開心！好開心！」或「分享喜悅吧！」，就是在跳舞。

模仿人類放煙火、灑紙花、演奏樂器、手舞足蹈……

無法理解。毫無生產性。此外，那些跳舞中的機械生物完全沒有發動攻擊。

仔細想想，在沙漠遇到的機械生物也會模仿人類。同樣沒有生產性，重複無意義的行為，跟這邊的機械生物一樣，一開始都沒有主動攻擊。

她不覺得兩者之間會有關聯，然而連續遭遇不正常的機械生物，真的可以用巧合一語帶過嗎？

「怎麼辦？要驅除掉嗎？」

9S有點不知所措。2B搖搖頭，加快腳步：

「既然沒有害處，跟他們戰鬥只是浪費時間。」

況且黑盒訊號仍持續發送著，從這個奇妙場所中的奇妙建築物。直覺告訴她最好快一點。

「那棟發出黑盒訊號的建築物，原先的用途大概是『劇場』。我之前在照片裡看過外觀跟它很像的建築物。」

「劇場？」

「唱歌或演戲給觀眾看的設施。」

2B回答「原來如此」，一邊尋找進入「劇場」的路線。遊樂園中只有劇場區域限制進入，疑似入口的金屬閘門深鎖，建築物周圍也用水道圍住。

處入侵內部。

最終，兩人只能試著採用強硬的手段，從高處往目的地跳下去。9S告訴她，這種建築物在圓頂附近會有叫做「彩繪玻璃」的脆弱部分，但他似乎沒想到要從該處入侵內部。

「意思是要破壞窗戶嗎？」

聽2B說明完進入劇場的方式，9S傻眼地說。

「沒有其他辦法。」

「好吧……是這樣沒錯。」

執行任務時，按規定必須盡量避免破壞人類文明的遺跡。因為地上的所有事物，總有一天都要還給人類。

因經年劣化而損壞、風化的遺跡，會按照順序補強或修復，維持原本的狀態。但由於土木工程裝置不足，修復工作經常延宕。包含遊樂園在內的廢墟都市一帶，就是典型的「來不及修復的區域」。

「要以救出夥伴為優先。其他事情，之後再考慮。」

至今以來，機械生物雖然殺害過人造人，卻從來沒有嘗試生擒。殺死敵人，或是被敵人殺死。他們應該只有這種程度的單純觀念才對。

到底發生了什麼事？

2B彷彿被焦躁感推了一把，往建築物一躍而下，撞碎彩繪玻璃、進入建築物內，朝黑盒訊號的源頭奔去。

她衝下階梯式觀眾席，來到圓形的開闊場所。沒有遮蔽物，相當寬敞，卻因為光線昏暗的緣故，視野不怎麼好。天花板很高，導致腳步聲產生好幾道回音。

掛在前方的大塊布料突然往左右拉開，以前在影片資料中看過的文字浮現腦海。記得那塊大布叫「簾幕」，高出一截的區域則是「舞臺」，演員及歌手表演的地方。

數道照明射在臺上。該說不出所料，還是超出預料呢——伴隨光芒登上舞臺的，是隻奇裝異服的機械生物。

「紀錄中沒有那種形狀的機械生物。」

下襬寬大的裙子，是人類的服裝，而且還是模仿女性禮服做成的。不過那兩隻有如接在一起的鐵棍的手臂，以及螺絲外露的頭部，實在非常駭人。

機械生物張開嘴巴，刺耳聲音響徹四周，有如生鏽的金屬在互相摩擦。從它大大敞開雙臂、挺起胸膛的模樣來看，大概是想唱歌吧。

好難聽的噪音。２Ｂ忍住不用雙手摀住耳朵，拔出軍刀躍向空中。控制系統集中的軀幹部分位在高處，還被寬大的裙子遮擋住，得費一番工夫才砍得到。

不過持續攻擊一段時間後，刺耳的「歌聲」稍微減弱了。看來確實有對它造成傷害。

就這樣一口氣解決掉——正當2B如此心想，眼前景象忽然劇烈搖晃。

「這、這是……什麼？」

身體傾斜，無法直立於地面。

「敵人正試著駭進我們！」

9S的聲音斷斷續續，聽起來像是從遠方傳來的。2B察覺他的聲音中參雜著「什麼」，於是朝源頭斬去。恐怕是來自敵人的「什麼」。由那個冒牌歌手發出來的……

然而敵人卻不只有冒牌歌手。不知不覺，她被來自四面八方的攻擊擊中了。2B在轉身瞬間揮刀一砍——隨即發現，剛才她破壞的敵人並非機械。

「人造人的屍體⁉」

被纏在木樁上的屍體，正發出類似音波的攻擊。

「不對！」

9S大叫道。

「偵測到了黑盒訊號！」

意思是，他們被抓起來，活生生改造成兵器……

「……我馬上讓這一切結束。」

打倒那個冒牌歌手，解放同伴。

殺死敵人，或是被敵人殺死。她還以為機械生物腦中只有這點，從沒想過機械做得到更複雜的行為。也不願去想像。

此時2B又聽見了「什麼」。

我要　變　美麗

方才參雜在9S話語中的聲音，如今清晰可聞。

我要變　美麗！

2B不想去思考機械說的話有何意義，一味地朝敵人發動攻擊。

要　變得　更　美麗！

機械嗎？這臺機械到底在說些什麼？只會殺戮、只會破壞的傢伙！

「已經反過來駭進對方了！」

敵人的攻擊在9S開口的瞬間全部停止。

「輔助機！」

2B大叫。

「了解。」

輔助機將外形切換成遠距離射擊模式。

「上吧！」

輔助機射出的熱線，貫穿了傾斜著僵直不動的金屬製身軀。2B有種彷彿聽見慘叫聲的感覺。既不是歌聲，也並非言語，這次響起的，真的就只是毫無意義的聲響。

＊

回程他們理所當然從大門出去。敵性反應也消失了，輕而易舉就能從內側打開閘門。可是，走在旁邊的9S腳步沉重，看見他的側臉，2B認為自己肯定也帶著同樣的表情。

他們沒能救出被改造成兵器的人造人們。每一架機體迴路都徹底燒毀。她們只是被敵人的系統控制，完全不具備任何自我行動的機能，打從失去音訊的那一刻起，她們就已經與死亡無異。

希望她們至少沒有意識。如果在有意識、知覺的情況下被當成兵器使用，未免太痛苦了。

「欸，2B。我駭進那具機械生物的時候，聽見神祕的字句……」

經過片刻的猶豫，9S接著說道。

「簡直像有感情──」

2B強硬地打斷他接下來的話。

「機械生物只是隨機說出辭彙罷了。」

沒有意識，也沒有感情。只是不斷執行「殺死敵人」這個命令，僅此而已。

「這句話是你說的。」

假如不是這樣呢？假如機械生物會思考、會判斷，有時會發洩情緒？

假如只擁有自律運動能力的無機物，蘊藏了意識及感情？這樣一來，簡直就像……

2B害怕繼續思考，因此，她拿9S自己說過的話結束這段交談。這麼做或許有點奸詐。

奸詐也沒關係。當下這一刻，她不希望心緒被擾亂，一旦鬆懈下來，彷彿就會有什麼東西失去控制。會產生動搖。這樣將對作戰任務造成負面影響。

兩人默默離開劇場。依然聽得見機械生物放著煙火的聲音，轉著圈子跳舞的機械們，看都不看從身旁經過的2B與9S一眼。

不過，事情並沒有那麼簡單。一隻飛行型機械生物出現在前面，擋住兩人的去路。在2B拔出軍刀前，機械率先說道：

「我　不是敵人」

仔細一看，機械的頭部插著一塊白布。舉白旗在人類文明之中是投降的意思，但她從未實際見過有人使用，因為與機械生物的戰鬥會持續到其中一方滅絕為止，不可能「投降」。

「壞掉的機械生物，你們，幫忙打倒了。道謝，到我們的村子來。」

壞掉的機械生物，是指那個冒牌歌手嗎？不只人造人，機械生物似乎也覺得那具個體十分棘手。「你們，幫忙打倒了。道謝」就是這個意思吧。

「機械生物竟然能這麼流暢地說話……」

9S感慨地說。S型是好奇心強烈的機種，他們負責從事調查任務，具備這種特性也不奇怪，然而過於強烈的好奇心會害到自己。2B比任何人都清楚。

「機械說的話不能相信。」

眼前的機械或許無法理解這句話的意義，但2B馬上轉念覺得這樣也無妨。反正這句話的用意在於叮嚀9S，而不是與機械生物溝通。

然而，機械卻像在搖頭似的晃動身體：

「我們　不打算戰鬥」

9S的眼睛看起來閃閃發光。發現嶄新的、未知的事物時，他總會露出這樣的眼神。

「我從來沒見過這麼能溝通的個體。為了蒐集情報，我們去一趟吧。」

本想叮嚀他，卻造成了反效果。不對，說不定這樣反而比較好。把好奇心轉移到機械生物身上，對9S來說更加安全。比起對不該好奇的事情產生興趣，跨越不該跨過的一線……

＊

兩人在飛行型機械的帶領下離開遊樂園。遠離吵鬧的音樂及煙火後，彷彿連陽光、風聲都隨之平靜下來。

這並非錯覺。不知何時，四周的樹木變多了，拜枝葉茂密的樹木所賜，陽光十分柔和。微風帶著草與土的溼氣吹來，取代瀰漫灰塵味的空氣。這裡的樹木創造出跟廢墟都市的植物群截然不同的環境。

和放眼望去盡是黑暗的宇宙空間比起來，地上充滿多樣性。明明才剛離開遊樂園——2B帶著不可思議的心情仰望天空。空中有個拖著白色尾巴，直線飛向天際的物體。從地上飛向上空，但不是煙火。

「那是？」

「2B沒看過啊。」

9S停下腳步。

「那是用來把資材從地上送到地堡和月球人類基地的。因為宇宙空間沒有資材也沒有燃料。」

「原來如此。」

是有聽說過沒錯，不過她還是第一次親眼見到。發射資材到天空的頻率似乎並不高，2B也沒什麼抬頭看天空的機會。B型的地上任務理所當然伴隨戰鬥。眼裡看的全是敵人，而非天空。

若是無須與機械生物交戰的任務，更不會有心情看天空。因為……

「這邊　這邊　快點　這邊」

帶路的機械催促他們，2B停止思考。她追在飛行型機械後面，跑了起來。枝葉晃動的悅耳聲音傳入耳中。不久後，那座「村落」映入眼簾。

遠遠就看得見樹木間有好幾塊白布在晃動，走近一看，全是白旗。機械們揮著大小各異的白旗。

「代表他們沒有戰鬥的意思嗎？」

倘若機械們正確理解白旗的意義，就是這麼回事。不能排除他們是想讓兩人大意再趁機偷襲的可能性，可是無論如何，這些機械生物都比他們之前遇過的智商更高。投降也好，欺敵也罷，要主動採取這些行為，需要一定程度的智能。

「首先，希望兩位聽我說一件事。」

一隻揮著特別大的白旗的個體走近兩人。特徵是圓筒型的頭部，身體輪廓像背著一個大包袱似的。跟目前戰鬥過的個體比起來，四肢的動作較為精細，說起話來也比負責帶路的個體流暢。

「我們不是你們的敵人。我叫帕斯卡，是這個村子的村長。」

2B也感覺得到自己瞪大了雙眼。

「2B，不可以相信機械生物說的話！」

當初雖然是9S提議來這個村子看一看的，再怎麼樣他也無法連「我們不是敵人」這種話都照單全收。然而，帕斯卡的語氣始終平靜溫和。

「的確，對你們來說，我們機械生物是敵人。可是，這座村子裡只有逃避戰鬥的和平主義者。」

和平。以機械生物說出來的辭彙而言，沒有比這更詭異的了。

「我們也跟抵抗軍營的人有交流。方便的話，請你們幫忙把這拿給首領安妮莫寧小姐。」

「這是……？」

儘管有點舊，看起來是燃料用的過濾器。應該不是偽裝成安全物品的炸彈。

「安妮莫寧小姐託我弄到的東西。只要把這個交給她，你們就能明白我們是崇尚和平的種族。」

「知道了。」

既然它知道抵抗軍營的存在，以及首領是安妮莫寧，應該是真的跟抵抗軍有交流。

「那條小徑是通往廢墟都市的捷徑。從這邊過去就不會迷路了吧。」

至於那是正面意義上的交流，還是麻煩至極的交流，得等跟安妮莫寧確認後才能判斷。

＊

就結論而言，帕斯卡沒有騙人。一聽見2B說有個叫帕斯卡的機械生物有東西交給她，安妮莫寧便回答「燃料過濾器嗎？幫大忙了」。

那座村子的機械生物似乎擅長精密作業，會幫忙製作在抵抗軍營不方便加工的零件，安妮莫寧等人則用機械生物難以取得的油料或素材交換。

「他們是無害的，不需要擔心。你們要回去的話，幫我拿這個給帕斯卡。」

於是，兩人帶著安妮莫寧給的高黏度機油回到帕斯卡村。

「謝謝。不好意思，麻煩兩位了。」

帕斯卡彬彬有禮地低頭致謝，接過安妮莫寧給的高黏度機油。不像機械的言行，反而讓人覺得不太舒服。

「安妮莫寧小姐是個心胸寬大又溫柔的人，真的太好了。如果全部的人造人和機械生物，都能這樣和平生活就好了……」

「這是在痴人說夢。」

９Ｓ大概也覺得不舒服，邊說著「光靠一張嘴要怎麼說都行」一邊別過頭。

「因為機械沒有心。」

對於能溝通的對象講這種話，可能太過分了點。但帕斯卡似乎沒有因此感到不悅，回答「或許是吧」。

「不過，可以的話，希望兩位今後也多到我們的村子來。只有對話能讓我們互相理解……我是這麼認為的。」

真不知道該如何回應。２Ｂ的感覺告訴她，不能因為這是敵人說的話就一概拒絕。更重要的是，帕斯卡說得有理。但她又不想乖乖贊同對方，２Ｂ思考著該怎麼回答才好，這時響起分不清是地震還是爆炸的聲響，彷彿要打斷她短暫的沉思。

「這是什麼聲音？」

２Ｂ與９Ｓ面面相覷，輔助機０４２和１５３同時打開通訊畫面。

『來自地堡的緊急通知！』

通訊官６０和通訊官２１０的聲音，分別從０４２及１５３傳出。

『廢墟都市地帶出現大型敵方兵器！伴隨大量機械生物的反應！』

是對所有寄葉部隊下達的出擊命令。那個像地震的聲音，說不定就是大型兵器發出的。

「2B，這些傢伙果然是想設陷阱害我們……」

9S憤怒地看著帕斯卡，八成覺得是帕斯卡把他們引到這邊，讓大型兵器出現在守備變薄弱的廢墟都市。

但是——雖然從這裡看不見——那可是足以發出如此巨響的大型兵器。再加上還有大量機械生物跟著他，光引來兩個人造人有意義嗎？

「我們也不知道那個情報。你們可能不會相信，不過可以的話，希望你們相信我。」

機械應該沒有感情才對，帕斯卡的語氣聽起來卻有點悲傷。

「怎樣都好。我去打倒他們。」

是不是陷阱無所謂。殲滅大型兵器，他們的任務僅此而已。

就算帕斯卡希望與他們溝通，寄葉部隊就是只能戰鬥。2B辛酸地想起他那句「安妮莫寧小姐是個心胸寬大又溫柔的人，真是太好了」。

地面的震動幅度大到連全力奔跑都感覺得出。不只地面，建築物——甚至空氣都在震動。輕易就能想像出是多麼巨大的機械在大肆破壞。

不過，看不見那具機械。無法分辨是粉塵還是硝煙的灰霧遮蔽了視線，9S在旁邊呼喚2B。

「2B！司令部傳來聯絡，已經設置好飛行裝置了！在前面的大樓！」

是前幾天從地堡降落時利用過的那棟大樓的屋頂。附近到處都是外觀與其相似的大樓，不容易被敵人盯上。硬要說缺點的話，就是離抵抗軍營和他們現在的所在地都有段距離。

地面劇烈晃動，熱風吹得她向前踉蹌了一下。子彈似乎就落在身後。要不是因為她全速狂奔，搞不好會被擊中。

不時會遇見嚇得亂竄的鹿與野豬。就算有野生動物的本能，也無法判斷哪裡安全吧。空氣中傳來肉燒焦的味道，可見遭受波及的動物數量不少。

相反的，幾乎看不見其他機械生物。想必是在大型兵器出現的時間點前後，逃到安全地帶了。機械生物單一個體的行動速度絕對不快，群體行動的速度卻快得嚇人。

就因為他們動作這麼快，寄葉部隊總是陷入苦戰……

兩人像被追著般拚命狂奔，衝上大樓階梯，搭乘飛行裝置。在起飛的同時，通訊官60傳來聯絡。

『上空會受到敵人的對空兵器攻擊，非常危險。請維持低空飛行接近。』

「了解。」

2B簡短回答，降低高度。能見度這麼低，別說閃躲攻擊了，連敵人從何處發動攻擊都無法判斷。

他們從搖搖欲墜的建築物間穿過去，一邊砍斷倒下來的樹木，接近大型兵器。

『2B隊員！我把疑似裝甲弱點部位的資料傳過去！』

「知道了。」

2B突然上升，將多彈頭飛彈射向資料顯示出的地方。雖然這個裝備幾天前才實裝，現在已經改良成針對大型兵器的武器。聽說是分析了之前在工廠廢墟的戰鬥資料，再立刻應用在射擊裝置上。

然而，敵人跟數日前在工廠廢墟害他們陷入苦戰的大型兵器是同一類型。即使有改良過的飛彈，可惜還是不能一擊殺敵。

2B閃過敵人射出的光束砲，等待飛彈裝填。新裝備的缺點就是需要一些時間才能發射第二發。

這次換成接到9S的通知。

『開始駭入敵人的控制系統！』

「了解。我來支援。」

9S負責搶奪敵人的控制權，2B負責用射擊破壞敵人。上次的戰鬥雖然寡不敵眾，這次的敵人只有兩架。這個做法足以應付。

敵人的動作明顯變遲鈍了。多彈頭飛彈也裝填完畢。２Ｂ聽見９Ｓ傳來駭客成功的訊息，將準心對準目標。

在９Ｓ的駭客與２Ｂ的飛彈反覆攻擊之下，沉默終於來臨。大型兵器雙眼中的光芒消失。巨大頭部歪向一邊，上半身倒向前方。２Ｂ確認了機械生物特有的電波沒有繼續發送，她想起９Ｓ跟她說過**好幾次**「不仔細檢查敵人死了沒是很危險的」。

「確認大型敵方兵器全機能停止。」

她的聲音清晰可聞。另一架也已經破壞掉了。四周一片寂靜，彷彿不久前的戰鬥從未發生過。抵抗軍營沒事吧？把飛行裝置還給地堡後，得親自去看看才行。

正當２Ｂ想著這些事的時候，不祥的震動聲響起。如同地震的聲音逐漸增大，越來越高亢。大型兵器雙眼再度亮起。

「怎麼可能……」

敵人確實沒反應了。附刀刃的手臂也徹底破壞。事實上，大型兵器只是在震動而已，動都沒動一下。不可能動得了。

『敵方兵器正在重新充電！』

９Ｓ的吶喊聲被蓋了過去。連附近的空氣都在震動，導致聲音聽不清楚。通訊官６０斷斷續續的聲音傳來，表示敵方兵器震動得越來越厲害。

空氣的震動已經化為衝擊波。她一步都沒辦法動，將推進力全開才能勉強維持姿勢，更遑論切換成射擊模式。

2B覺得自己似乎聽見戰鬥區域、地下空間、共鳴等單詞，望向下方。大地出現裂痕。高度有到一定程度的大樓紛紛倒塌，被吞進裂縫中，揚起一片沙塵。大地、空氣、四周的一切都在共振。大型兵器用力搖晃、傾斜。不逃走就危險了——大腦理解，身體卻動彈不得。

2B將飛行裝置的出力開到最大，抵禦暴風。她看見白光，聽見爆炸聲。劇烈的晃動襲來。

白光及聲音突然消失不見。安靜得使她產生身在宇宙空間的錯覺，衝擊波似乎導致聽覺機能故障了。

耳鳴得很厲害。2B皺起眉頭，確認9S的安危、確認周遭情況……然後懷疑自己的眼睛。她不禁懷疑是不是不只聽覺，連視覺機能都出了問題。

該有的東西不見了。林立的大樓、鬱鬱蒼蒼的大樹、斷掉的道路，甚至地面。大地彷彿被一把巨大的鏟子挖掉，眼前是一個大坑。

2B重整態勢，飛到坑洞正上方。大型兵器消失得無影無蹤。這麼大規模的爆炸，他們倆還能平安無事，只能說運氣好。

她鬆了口氣。不過，刺耳的警報聲驅散了安心感。通訊畫面同時轉為整片紅色。

「這是……？」

畫面上浮現的文字，2B之前從來沒看過。「ALIEN　ALERT」，那是顯示數百年沒出現的外星人存在於地下的字句。

Another Side "Eve"

哥哥總是陪在我身邊。我一直都跟哥哥在一起。從我出生在這個世界，看見第一道光芒的那一刻起。

用自己的腳站起來的那時候，我就知道了。該珍惜什麼，該保護什麼。沒有人教過我，可是我知道。因為，這實在太理所當然。

「喂……哥哥。為什麼要穿內褲這種麻煩的東西？」

「根據紀錄，人類似乎習慣遮住胯下。露出胯下是有問題的行為……的樣子。閉上嘴巴，穿就對了，夏娃。」

「嗯。不過，為什麼要吃這種植物？我們機械生物，不用吃東西也能動啊。」

「這是水果的一種。據說人類吃了它後得到了智慧，別囉嗦那麼多，吃就對了。」

「知道了……既然哥哥叫我吃，我會吃。可是吃完後，可以陪我一起玩嗎？」

「嗯。」

「那我會努力把它吃完。」

我喜歡玩，玩遊戲很開心，不過其實不玩遊戲也無所謂。只要能跟哥哥在一起，只要哥哥開心就好。可是玩「扮人類遊戲」的時候，哥哥看起來是最開心的，所以我才叫他陪我玩。

哥哥，你知道嗎？我喜歡玩，但我更喜歡看到哥哥開心喔？

我知道的。知道哥哥喜歡的東西，很久很久以前的人類寫的書。很久很久以前的人類的影片。只要是很久很久以前的人類做的東西，哥哥什麼都喜歡對不對？哥哥會玩「扮人類遊戲」也是因為這樣，做出很久很久以前的「戲劇」裡面有的桌子，也是因為這樣。

如果遇見活生生的人類，哥哥一定會很高興。如果能用活生生的人類玩，哥哥一定會笑得很開心。

「哥哥，來玩嘛。」

「現在不行。」

「為什麼？」

「客人快來了。」

「客人？難道是剛才那個很大的聲音？」

「不對，那個聲音是古老的大型兵器弄出來的。我利用它招待他們來作客。」

「『他們』是誰？」

「等等就會知道。差不多該準備了。」

「哥哥。」

「什麼事？」

「準備好以後，可以陪我玩嗎？」

「不行。我不是說有客人要來嗎？」

「那客人走了，可以陪我玩嗎？」

「等目的達成後再說。」

「要等多久？」

「這個嘛……我知道了。處理好事情我就陪你玩，這樣你可以乖乖等嗎？」

「嗯。我會等。所以，來玩吧。」

「要遵守約定啊。」

「嗯。我會遵守約定。跟哥哥的約定，我一定會遵守。」

哥哥開心的話，我也會開心。哥哥笑的話，我也會想笑。會有種癢癢的、肚子暖暖的感覺。

因為，全世界只有一個哥哥。機械有很多，可是大家都跟我們一點都不像。跟哥哥長得一樣的，只有我一個；跟我長得一樣的，只有哥哥一個。

就算我們腦袋裡想的事不同，喜歡的東西不同，還是能一直在一起。不覺得這很棒嗎？

哥哥。來玩吧。快點把事情處理好，來玩吧。

來玩哥哥喜歡的「扮人類遊戲」吧。悶死人的衣服我也願意穿，味道奇怪的植物我也願意吃。我會乖乖等到那個時候。

欸，哥哥知道我喜歡的東西是什麼嗎？

第三章

第三章

NieR:Automata 長話

2B的故事／接觸

來。

司令部通知全寄葉部隊——2B跟9S聽著司令官的聲音，從飛行裝置上走下

『剛才偵測到長達數千年都沒發現過的外星人反應。我想各位也知道，外星人是機械生物的司令塔。只要殲滅外星人，長久以來的戰爭也會迎接終結。』

他們看見的「ALIEN ALERT」不是看錯，探測器也沒故障。因為司令官正在發送訊息給所有的寄葉隊員。

『此刻，技術部正在分析電波的來源，但是情報不足。我命令地上的寄葉部隊以蒐集本案件的情報為優先，絕對不能放過這個大好機會。』

在以「願人類榮耀長存」作結的通知結束後，2B依然默默跑下山崖。目的地是發出強烈外星人反應的地點。

一踩到坑底，腳邊就傳來水聲。

「輔助機，協助照明。」

「了解：開啟燈光。」

輔助機的燈光晃了一下。仔細一看，地上積滿不知道是地下水還是雨水的水。

「這裡好像本來就是個空洞，不是地面下陷造成的。」

9S的聲音反射出好幾道回音。雖然光憑輔助機的燈光看不太清楚，這個「空洞」似乎非常大。

「這裡有個洞穴。」

「這是……道路？」

2B定睛一看，洞穴的岩壁上到處都釘著防止崩塌的鋼板。就算這個洞本身是自然形成的，顯然有人為了利用這裡而補強過。

「資料庫中沒有這條路的情報，所以……」

「敵人開出來的嗎。」

倘若外星人從數百年前開始就潛伏在這個地方，他們的資料庫裡沒有相關紀錄也很合理。

這時，有什麼東西從黑暗中跳出來，彷彿要證明他們的推測無誤。伴隨金屬互相撞擊的刺耳聲響，複數紅光在空中拖出一條條尾巴，是步行型的機械生物。既然附近有外星人反應，他們的手下機械生物自然也會在這裡。

在狹窄、黑暗的地方戰鬥會影響動作，除此之外，他們還得注意別讓道路崩塌，有點綁手綁腳。

話雖如此，敵人的動作同樣會受到影響。結果殲滅這群機械生物耗費的時間，跟在地上戰鬥差不了多少。9S在旁邊抱怨「鞋子裡面都溼掉了，好不舒服」，但這種事也不是只會在地下發生。

越往深處走，腳邊的水位就越來越低，敵人數量也隨之減少。

「外星人的反應強度沒有變化耶。」

「可是，機械生物卻減少了……」

「該不會是陷阱？」

「不知道。小心一點吧。」

好安靜。黑暗、狹窄的通道上，只聽得見冰冷的腳步聲。鞋底傳來踩到硬物的觸感。

「機械!?」

疑似步行型機械生物的殘骸倒在路旁，9S認真地觀察。

「好像是很久以前就在這裡了……」

「其他地方也有。」

2B望向通道深處。輔助機的燈照亮球形與圓筒形的殘骸。走得越裡面，數量就越多。

「到底為什麼？」

是誰摧毀這些機械生物的？至少不是抵抗軍或寄葉部隊。如果是他們，這個地方的座標和戰鬥紀錄應該會以某種形式保存下來。

「地下墓穴(Catacomb)大概就是這種感覺吧。」

「Cata……什麼東西？」

「人類文明的遺跡，蓋在地下的墓穴。聽說還有利用自然形成的洞窟做成的。」

黑暗、寂靜與冰冷的空氣。以及機械殘骸。沒有生物的氣息，也沒有敵性反應。這裡確實有墓地的感覺。

「這個地方是？」

兩人同時停下腳步。跟自然形成的岩壁明顯有差異的素材及形狀，是有人做出來的「入口」。

「資料庫裡也沒有相關情報。」

所以，大概是外星人的設施吧。仍然偵測不到敵性反應。下定決心踏進入口，也什麼事都沒發生。只不過，兩人份的腳步聲產生了些許變化。地板的材質跟天花板的高度變了。

9S走向窗邊，牆壁便靜靜移開，變成一扇大窗。走過去閘門就會打開，可以看見窗外的景象。

微弱的光線從慢慢開啟的閘門縫隙間射入。這個地方明明位在地底，卻有光照進來，也許是哪裡有光源吧——2B邊想邊環顧周遭。

房間裡放著好幾張分不清是椅子還是臺座的東西。上面全放著「什麼」。2B不經意地看過去，倒抽一口氣。

是乾掉的生物屍體，外型跟在地上看過的任何一種生物都不一樣。

「外星人……？」

每張椅子上都坐著同樣形狀的屍體，維持著快要滑下來的尷尬姿勢。

「2B！妳看！」

從窗戶看出去的9S大叫道。閘門不知不覺全部敞開了。因此，2B也能清楚看見9S指向的那東西。

「船？外星人的？」

正確地說，是疑似船艦的殘骸。

「被毀掉了……」

一眼就看得出不是因墜落而摔毀的。好幾根巨大的槍刺在船身上。外星人的船與敵人交戰，戰敗了。恐怕這個地方也不是什麼設施，而是一艘船。雖然沒被破壞，船裡的外星人統統死光了。

她再次觀察四周。死掉的外星人靠在等間隔排列的椅子上，2B想起9S在來到這裡的途中說的「地下墓地」。這樣簡直像……就在她腦中浮現這個念頭的瞬間。

「歡迎來到我們造物主的墓園。」

墓園。2B剛才就是想到這個，但她從來沒聽過這個聲音。2B急忙尋找聲音的主人，她感覺到自己的視線僵住了。

「你們是！」

視線前方是兩名男子。在「猛瑪聚落」的豎穴遭遇的敵人——外型酷似人造人的機械生物。

沒有腳步聲，不只她和9S，兩臺輔助機也毫無反應。宛如他們是瞬間出現在這裡的。不對，這不重要，得在他們使出先前的音波攻擊前將其破壞。

「輔助機！」

2B讓042發動支援射擊，縱身跳到空中，在拔刀的同時奮力砍下去。她以為砍中男子了。確實砍中了，刀刃卻劃過虛空，男子憑空消失。

「真粗魯。」

男子在她身後笑道。表情和上次截然不同，話說得很流暢，上半身一絲不掛，下半身倒是有穿褲子。一名男子剪短了頭髮，另一名男子則維持長髮，只有脖子附近的頭髮修得整整齊齊，彷彿要做出兩者間的區別。

「欸，哥哥。可以把這些傢伙殺掉嗎？」

短髮男子的語氣，比長髮男子更加缺乏起伏。

「夏娃，冷靜點。我話還沒說完。」

長髮男子像在訓話般對短髮男子說，轉身面對2B他們。嘴角掛著淺笑。

「我叫亞當。」

亞當？長髮的叫亞當，短髮的叫夏娃？

「你們人造人在尋找的外星人，已經不復存在。好幾百年前，這些傢伙……就被我們機械生物滅絕了。」

「滅絕了？被機械生物？」

自稱亞當的男子露出意味深長的笑容。

「這次滅絕的……會是你們人造人嗎？」

2B使勁往亞當身上砍去，代替回應。與這些傢伙對話毫無意義。倘若真如帕斯卡所言，只有對話能讓他們互相理解，那麼根本不需要。她一點都不想理解這種東西，也不想被理解。

「2B！小心點！」

亞當又消失了，旁邊的夏娃也是。

「機械生物是不斷自我進化，越變越強的兵器。」

背後傳來嘲笑般的聲音。看來他們擁有空間轉移能力，確實正在進化，而且還是以驚人的速度。

「在網路上萌芽的智慧，沒花多少時間就凌駕了造物主。」

「就算這樣，打倒自己的造物主未免太……」

9S啞口無言。對於為造物主人類拚上性命戰鬥的人造人來說，這個行為太過難以理解。

「這種傢伙死了也不足為惜。他們只是構造宛如植物般單純又無聊的生物，毫無價值。」

亞當的視線落在外星人屍體上。是錯覺嗎？2B在他眼中窺見令人瞬間凍結的冰冷，以及瞬間燒盡一切的憎恨。

然而，那些情緒馬上就消失殆盡。亞當再度露出難以捉摸的表情說：

「我們感興趣的，是月球上的人類。」

「人類!?」

「沒錯，人類很有魅力。」

亞當彷彿演戲一般誇張地展開雙臂。

「根據紀錄，他們雖是相同的種族，卻會大肆互相殘殺，又彼此相愛。行動原理費解到教人吃驚的程度。我們想探究他們的神祕之處。」

那陶醉的神情令人不快。區區機械，卻講得一副自己擁有感情的樣子。無法理解？神祕？機械懂什麼？

「因此，希望身為人類模仿作的各位人造人，能夠協助我們調查。」

那做作的語氣令人厭惡，區區機械在說什麼蠢話。

「把月球上的人類拉下來，活生生地分解、分析……讓他們的祕密統統攤在陽光下。還有比這更美妙的事嗎？」

S。

2B心中燃起怒火。體內的某種情緒正在肆虐，不過，率先爆發出來的是9S。

長劍自9S手中射出，瞄準亞當的劍同樣沒有命中目標，白白砸在牆上。

「怎麼能讓你們得逞！」

9S再度襲向亞當。

「交涉決裂的意思嗎。」

夏娃擋在2B前面。2B揮下軍刀，這次砍中了，但還是無法對他造成傷害，

「看來只能毀滅你們了。跟這些無聊的外星人一樣。」

夏娃在四周展開了防護罩。

她用盡全力拿軍刀猛砍。不停地，毫不間斷地。怒火使眼前染成一片紅色，保護夏娃的透明障壁出現裂痕。2B將刀刃刺進去，成功了。

然而，夏娃卻踢了2B的刀一腳，握住刀柄的手傳來衝擊，這一腳力道很強。

夏娃揚起嘴角，他在笑。

揮下軍刀，被彈開，然後再次揮刀。怒火無法平息。把人類拉下來？調查他們？區區機械。區區機械。區區機械……

這樣子的攻防戰不曉得持續了多久。直到她聽見有人說「時間差不多了」，夏娃的笑容變了。從嘴型判斷，他好像在說「約定」。看見他發自內心的笑容，2B

感到困惑。

夏娃在微笑的瞬間消失。又是空間轉移，亞當跟夏娃並肩站在離9S和2B有段距離的地方。一副在表示「戰鬥到此為止」的樣子。

「這就是，我們造物主的下場。」

亞當動作誇張地指向外星人的屍體，夏娃則像在嘲笑外星人似的聳聳肩。

「你們相信的人類又如何呢？」

下一刻，亞當和夏娃消失了。回頭尋找、四處張望，都找不到他們的影子。

＊

兩人用剛設置好的傳送裝置回到地堡。聽9S說，以前技術部就在開發不必用到飛行裝置就能往來地堡與地面的方法。

將義體留在地上，只把自我資料傳送回地堡的身體。要再下到地面時，只要把自我資料傳回地上的身體即可。跟使用飛行裝置的物理上的「降落」不同，這個方式只需要傳送資料和建構義體，能夠大幅減少所需時間。

更重要的是，這樣就不會在降落途中遭到攻擊。對司令部來說，高成本的飛行裝置在執行空降作戰的時候受損，是非常頭痛的問題。只要有傳送裝置，這個問題就能解決。

可是，不曉得技術部究竟花了多少時間開發，才讓傳送裝置正式啟用？那兩個叫亞當和夏娃的機械生物不費任何工夫，就能使用空間轉移能力。明明他們才出生沒多久。

『機械生物是不斷自我進化，越變越強的兵器。』

他們未來是不是也會持續進化？若是如此，事態刻不容緩，必須在他們進化到無法對付前將之排除。不能放著毀滅自己的造物主的傢伙不處理……

然而，這只是一名士兵的見解。下判斷的是司令部，視情況而定，說不定要等權力更上一層的人類議會裁決。

「……以上就是在異星船艦發生的事。」

「是嗎。」

聽完2B的報告，司令官喃喃說道。在她吐出這麼短一句話的期間，腦中不曉得閃過多少思緒。長久以來，一直是司令官負責指揮作戰。得知外星人數千年前就滅亡了，司令官受到的震撼想必跟2B和9S根本不能比。

「在人類議會得出結論前，這些情報將視為最高機密。」

不過，司令官的表情及語氣都沒有一絲動搖。冷冷指示他們「千萬不得外洩」的聲音，與平常無異。

「還有，我命令你們調查名為『帕斯卡』的機械生物。」

「咦咦!?」

出乎意料的命令，令9S發出明顯不太高興的聲音。

「要調查那個可疑的機械生物嗎？」

一眼就看得出他心裡在想「可以的話拜託饒了我吧」。要不是因為在司令官面前，她差點要罵9S「你表現得太明顯了」。**她叮嚀過9S好幾次**，表現出情感不是寄葉隊員該有的行為。

「這是月球人類議會的通知。」

司令官語氣冷淡。

「針對特殊個體的調查，會是今後作戰的重要資料。」

「了解。」

2B如此回答，9S又露出不滿意的表情。

聽見機械的聲音。聽見「要保護他」，這具機械好像有「想守護的事物」。

為了保護什麼而戰。很久沒有這樣戰鬥了，現在的我沒有要保護的東西。同伴們都死了。一直以來相信的人，如今也是敵人。

自己以外的東西統統破壞。我戰鬥的理由就只有這一個，破壞。不去思考其他多餘的事，破壞就對了。

我聽見有人吶喊著「為了森林之王」。遠遠看過去，只是普通的森林地帶，不過這裡疑似是有國王統治的「森林國度」。將那群機械所說的話拼湊起來，可以得出這個結論。

這裡的機械生物比其他區域更具攻擊性，很纏人。機能明明和其他機械沒有太大的差別，從接觸到殲滅所花的時間卻明顯更長，也更加費力。

起初我覺得挺不可思議的，但聽見「保護」一詞就明白了。為了守護什麼的戰鬥能讓士兵變得多強，我很明白。因為我自己就是如此。

寄葉機體試作型，攻擊型二號。屬於特別強化近戰能力的機體，我卻是個凡庸的士兵。老實說，我不擅長戰鬥。

這樣子的我被選為空降珍珠港作戰的成員，證明那項任務是一場「實驗」。愚蠢的我當時還以為「司令部對我抱持過大的期待」。

我很努力。為了不拖累同伴，為了回應司令部的期待，拚命在戰場上奔馳。不擅長戰鬥又怎樣？只有這條路可以走。我有要守護的同伴。同為寄葉部隊的隊員，以及在地上跟我們會合的抵抗軍。凡庸的我之所以能變強，是因為我想保護她們。

機械們大叫著「要報答國王的恩情」衝過來。動作整齊劃一，比其他區域的機械生物更棘手。

剛踏進森林地帶時，我看見機械們列隊練習行進跟突擊。

說實話，我吃了一驚。想都沒想過機械會做戰鬥訓練。訓練是有一定程度的判斷力與思考能力的人才會做的，只會按照命令行事的機械不可能會做這種事。

驚訝歸驚訝，我馬上就覺得「有時候也會發生這種事吧」。將擁有自我的人造人扔到戰場上，取得資料後立即處分——司令部一直在幹這種殘酷無情的行徑。既然都有這種沒血沒淚的人造人了。也不對，那事實上只不過是與人類的血液類似的紅色液體，以及與人類的眼淚類似的透明液體。總之，會進行戰鬥訓練的不像機械的機械，也是存在於這個世界上的吧。

機械們正大叫著「有敵人入侵！帶國王到安全的地方」。戒備越來越森嚴，也就是說，這條路線是正確的。前面是這群機械生物的重要場所，恐怕是「森林之王」的王座。

我打亂他們的隊列，從脫隊的機械生物開始依序擊倒。一隻一隻，確實地摧毀。儘管會花上不少時間，這也沒辦法。如果我也有共同作戰的夥伴，說不定就能用更有效率的方式戰鬥。算了，想這些也沒用。

孤軍奮戰雖然沒效率，也有它的好處。就是不會被任何人背叛。

無法得到他人提供的情報，可是也不會被虛偽的情報操弄。不會為疑心所苦，不用煩惱誰是敵人誰是夥伴。

換個角度想，還滿輕鬆的。全世界都是敵人。這個狀況很好，淺顯易懂。

遠方傳來「發現侵入者」的聲音。有股不祥的預感。搞不好除了我以外，還存在其他入侵者。搞不好他們的目的不是驅除森林地帶的機械生物，而是捕捉逃兵攻擊型二號。

這樣就麻煩了。我本來打算一邊破壞路上的機械，一邊朝那個叫王座的地方前進，現在得改變計畫。盡量避免與敵人交戰，盡量不留下痕跡，前往王座。雜兵等解決首領再處理就好。越是團結一致的群體，失去首領就會變得越脆弱。之後再對付那些追兵即可，雖然能不遇見他們是最好的。

聽見「不能讓你們通過」的聲音，不是對我說的。架在山谷上的橋對面有座城堡，兩具人造人在跟守橋的機械生物交戰。

「不要大意！」

「這是我要說的。小心點，9S。」

九號S型嗎。高性能的掃描型機體。意思是，另一架是和我長得一樣的處刑機吧。

又派出那些傢伙了嗎。到底要擊退他們幾次才會放棄？我快受不了了，拿我的戰鬥資料製造處刑機來追捕我，再怎麼惡劣也該有個限度，不過也有可能單純只是司令部太笨。

「2B，快閃開！」

員。

2B？不是E型？這樣的話，可能不是追兵，只是派來驅除機械生物的寄葉隊員。

我趁他們戰鬥時偷偷過橋，前往城堡。

我爬上城牆，從上層尋找國王的所在地。比起一個人，兩個人果然比較有效率，他們已經抵達國王的房間了。我躲在天花板附近觀察，打算就這樣避開他們。

「這就是國王？」

他們面面相覷，沒有動手。是在拖拖拉拉什麼？我感到不耐，跳下來往小小的機械生物刺下去。

命中目標。我扔掉被刺穿的機械生物，這樣事情就辦完了。

「2B！那是人造人！而且，那不是寄葉型嗎！」

他們不認得我。果然不是追兵，旁邊的四角型盒子說出千篇一律的臺詞「建議破壞」，那兩個人的反應卻恰恰相反，我覺得有點好笑。

「破壞？為什麼！」

「9S，要上了。」

「2B！」

原來如此，二號那架殺氣騰騰嗎？行。既然妳想一戰，我奉陪到底。不管遇到幾次我都會擊退你們。

四角型盒子傳出我一點都不想聽的噁心聲音。

『地堡呼叫2B、9S。偵測到通緝犯A2的黑盒訊號，在你們面前的是敵人。那傢伙是逃兵，已經破壞了好幾具追擊部隊隊員！掉以輕心的話會被殺掉的！』

是啊。我殺了**你們**好幾次。雖然這個說法容易招致誤解，偉大的司令官大人說的並沒有錯，她只是隱瞞了好幾樣事實。

我聽見9S不知所措地嘀咕著「可是……」。跟前幾次的反應不同，這麼說來，2E——不對，2B的模樣也跟之前不同。她的表情少了些什麼。硬要說的話，少了類似活力的東西，有種自暴自棄、放棄什麼的感覺……

啊啊，是嗎。那是我。跟我一樣的二號型機種，帶著跟我一樣的表情。

我停止攻擊。已經夠了。我遠離那兩個人，跳向窗户，9S的吶喊聲從背後傳來。

「為什麼……為什麼要背叛!?」

我沒有義務，也沒道理回答。但這句話不能當作沒聽見。我背對他們答道：

「背叛的是司令部吧？」

我不清楚9S帶著什麼樣的表情，也不想知道，蹬向窗沿縱身一躍。

第四章

NieR:Automata 長話

2B的故事／叛離

第四章

「呼叫地堡，這裡是9S。請幫我轉接給司令官。」

『地堡收到。現在轉接給司令官。』

「司令官，破壞目標A2的任務失敗了。」

司令官說她已經破壞好幾架追擊部隊，確實如此，A2雖然是舊機種，卻相當難纏。想到繼續跟她戰鬥下去會有什麼後果，2B不禁有點毛骨悚然。

可是，那場戰鬥因A2逃走而落下帷幕。他們追向從窗戶跳下去的A2，可惜跟丟了，不曉得她是從哪條路逃走的。

『不過，幸好你們沒事。那是非常危險的個體，最好別貿然接近。』

「那個——」

9S猶豫著開口。

「逃兵……是怎麼一回事？」

2B也有同樣的疑惑。光提到逃兵就代表事態非同小可，又同樣是二號型機種。長得跟自己一模一樣的人造人過去發生了什麼，2B不可能不在意。

而且，她離去前留下一句耐人尋味的話。「背叛的是司令部吧」。那到底是什麼意思？

『該情報為機密事項。我不能告訴你們。』

機密事項。討厭的辭彙，牽扯到這東西絕不會有好事。她當然知道一個組織需要機密，即使如此，對她而言「機密」帶來的肯定是令人不快的事物……

「2B。」

9S的聲音將她拉回現實，與司令部的通訊不知何時結束了。

「去向帕斯卡問A2的情報吧。他或許知道些什麼。」

2B也認為可能性很高。就是帕斯卡告訴他們森林王國的情報，說不定A2以前就會在森林王國出沒。若是如此，她不覺得帕斯卡會不知道有這麼危險的人造人存在。

只不過，前幾天在帕斯卡的村子調查，是出自司令部的命令。司令官說特殊機械生物的資料是貴重的資料，叫他們蒐集，然而這次不同，9S即將採取的行動並非任務，反而有擅自與敵人接觸之虞。她思考著是不是該阻止他。

就算先不論這個，最近麻煩的事件也是接踵而來。前幾天的逃兵就是其中一件。

數日前，司令部下令要他們拘捕抵抗軍營頻傳的竊盜事件的犯人。但那只是表面上的理由，跟只有2B知道的機密任務不同。追捕並處刑逃兵8B、22B、64B。不是拘捕，是破壞命令。

一無所知的9S，發揮掃描型的探索能力找到她們，然後告知司令部下達了逮捕命令，她們理所當然選擇反擊。逃兵被抓的話，下場只有處刑。除了甩掉追兵逃走外，她們沒有其他選擇。

然後，2B破壞了她們。裝成「因為對方先發動攻擊，不得不出此下策」的樣子。

這個理由應該很合理才對。可是敏銳的9S八成察覺到了有什麼不對勁。回到抵抗軍營後，他去跟安妮莫寧詢問「竊盜事件」的詳情。安妮莫寧當然不可能知道，因為打從一開始就沒發生什麼竊盜事件。

9S聯繫通訊官21O，請她提供竊盜事件的情報。但是——

『這起事件是機密事項。我不能告訴你。』

看到9S的舉動，2B心想「糟糕」，可是她不能插手。

『9S，小心點。』

21O不知道8B她們是逃兵，也不知道竊盜事件是虛構的。不過，她大概也感覺到事有蹊蹺。所以才提醒9S要小心。那**親切的忠告**，無疑助長了在他心中逐漸萌芽的對司令部的不信任感……

「2B？」

「沒什麼。知道了，走吧。」

結果，2B沒有阻止9S。即使在這時反對跟帕斯卡接觸，她也不覺得9S會放棄。這就是掃描型機體的特性。恐怕他會瞞著2B，與帕斯卡接觸。只有這個情況她想避免。

「帕斯卡，我是9S。有件事想問你。」

2B懷著複雜的心情，聽著9S與帕斯卡通訊。

＊

然而，從帕斯卡那邊並沒有得到什麼重要情報。虧他們為了防止被竊聽，直接去了村子一趟。

「這位叫A2的人造人，在我們過去的紀錄中也存在，可是她從來沒有來過這個村子。」

帕斯卡委婉地補充「我們將她視為危險的人造人」。

2B回想起A2刺死甚至不會走路的小小機械生物的模樣。她毫不躊躇，再加上那個力量。跟身為寄葉型最新機種的他們交戰，A2還占上風。在機械生物眼中，想必是極度危險的人造人。

「對不起，我知道的只有這些。」

「這樣啊。」

9S臉上明顯浮現失望之色。

離開帕斯卡村後，9S垂頭喪氣地走在通往廢墟都市的捷徑上，不時會表現出在想事情的模樣。是在思考「下一步棋」嗎？那就危險了。

「9S。」

2B叫住9S。

「為什麼要問帕斯卡A2的情報？」

果然該阻止他才對。也許是出於不該讓9S牽扯上多餘的事的後悔，2B不小心用有點像在質問人的語氣跟他說話。

「沒得到司令部的允許就跟機械生物接觸，是不建議的行為。」

就算9S是純粹出於好奇心才這麼做，司令部也不一定會睜一隻眼閉一隻眼。更何況他這次的所作所為是出於不信任，而非好奇。萬一被司令部知道……

「對不起。」

9S沮喪的模樣，令2B不知所措。是不是說得太過分了？求知欲強烈是掃描型機體的特性，他本人也無法控制，自己卻一副在責備他的模樣。2B急忙補充：

「不過，我不討厭你好奇心旺盛的這一點。」

即使那是把雙刃劍。

「謝謝妳，2B。」

9S嘴角微微揚起。好奇心旺盛、率直、開朗……宛如灑落地面的陽光的——

夥伴。

所以，2B強烈祈禱他不要犯錯。你的好奇心只能用在敵方的機械生物上，絕對不要轉移到其他方面。再怎麼樣都不要懷疑同伴……懷疑司令部。

「回抵抗軍營吧。我們需要檢查機體和補給。」

也許一切都是徒勞。也許只會重蹈覆轍，即使如此。

因為，我跟你約好了——2B在心中喃喃自語。

*

「A班到C班負責戒備沿岸，D班、E班確保地上的輸送路線暢通。然後……」

回到抵抗軍營時，安妮莫寧正在召集成員，匆匆忙忙地下達指示。進出軍營的人比平常還多。

「2B，9S。你們來得正好。」

用不著問發生了什麼事，安妮莫寧就開始說明他們要執行補給作戰。

「我們人造人軍有艘派到太平洋的航母，最近會回來補給。」

9S露出想起什麼的表情。他的主要任務是在地上蒐集情報，對其他地區的戰況及軍備也很清楚。

「是航母藍嶺號對吧。我聽說過。」

「是藍嶺二號。既然你們知道，事情就簡單了。」

「是要擔任航母的護衛嗎？」

「不，我想拜託你們保護沿岸的補給用飛彈。報告顯示最近那裡有很多機械生物出沒，光憑我們的力量恐怕無法負荷。但如果是你們——」

「交給我們吧。」

9S得意洋洋地說。

「因為我們是最新型嘛，跟A2那種舊機種不一樣。」

他之所以馬上就提到A2，八成是因為一直把這件事放在心上。不過，那個舊機種A2才剛讓他們陷入苦戰就是了。

「A2？攻擊型……二號？」

安妮莫寧臉色突然一變。

「安妮莫寧小姐，難道妳認識A2？」

「沒、沒有。不是那樣。」

安妮莫寧雖然立刻否定，恐怕是騙人的。跟臉有一半被眼帶遮住的寄葉隊員不同，抵抗軍的表情太好懂了。

「只是有點在意。」

這也是騙人的吧。安妮莫寧顯然在動搖。A2跟她之間發生過什麼事嗎？

「總之就是這樣，麻煩你們了。如果有寄葉部隊的任務要處理，可以以那邊為優先沒關係。」

安妮莫寧結束話題，轉過身去。從她的背影實在無法再看出什麼端倪。

＊

補給用飛彈設置在通稱「沉沒都市」的沿海區域。正如這個名字，都市裡大半的建築物都被海水淹沒。

「這一帶的地盤在上次大戰時遭到破壞，導致整座城市逐漸下沉。」

勉強沒被淹沒的建築物，大概是本來就有一定的高度。如今那些房子也只剩下頂樓部分露在海面外。

現在還是陸地的區塊，好像也開始下沉了，土壤帶有溼氣。還有變成泥濘的部分，路況相當差。

如安妮莫寧提供的情報所述，陸地上和沉入海中的建築物屋頂上，都有大量機械生物徘徊。步行型、飛行型、小型、中型，彷彿在開展示會。兩人將機械生物一隻隻破壞掉，一面前往補給用飛彈的設置場所。

天空萬里無雲。陽光反射在海面上，甚至會刺得人眼睛發疼。不可思議的是，來到這裡的時候總是晴天。然後9S一定會這麼說：「好適合釣魚的天氣喔。」

基於調查海洋以外的理由來到這裡，說不定是第一次——在2B如此心想時，輔助機打開通訊畫面。司令官的聲音傳來。

『緊急聯絡。如你們所知，我們的航母預計靠岸補給。可是，那艘航母遭受機械生物的襲擊，現正進入交戰狀態。我已經聯繫駐守在廢墟都市的所有寄葉部隊，希望你們也前去支援。地圖資料和飛行裝置等等會傳過去，完畢。』

通訊結束的瞬間，2B就看見飛行裝置從上空迅速下降。看來是在司令官聯絡前就從地堡發射的。

「司令官真的很會使喚人。」

9S嘆了口氣，一副想抱怨「才剛清理完附近的機械生物，好不容易能休息一下，結果又有事要做」的樣子。可以理解9S的心情，但現在是緊急時刻。2B念了9S一句：

「沒辦法做到這些事，就不能擔任領導者。」

為了群體行動，哪有那個時間顧慮每個人。忽略瑣碎的細節，思考一整個群體該如何行動，瞬間判斷該留下什麼、該捨棄什麼，付諸實行後扛起所有的責任。2B知道司令官就是這樣的人。

「原來如此……是沒錯啦。」

9S好像還有話想說，2B卻無視他，搭上飛行裝置。

＊

一眼就看得出航母藍嶺二號陷入苦戰。飛行型機械生物圍在它周圍，毫不間斷地攻擊。

『好像蚊柱。』

「蚊柱？」

『形容小蟲子聚集在一起飛的辭彙……』

「那不重要。破壞他們。」

2B將飛行裝置轉換成機動型態，看到機械生物就砍。望向下方，大破的護衛艦漂在海上。速度不快的護衛艦，應該沒辦法應付這麼多敵人吧。可是光憑航母的艦載機迎敵又不夠。

『2B！偵測到大型敵方反應！在東南方！』

她看見大型飛行兵器自上空接近，形狀酷似以前調查海洋時捕獲的「三棘鱟型機械生物」。不過相似的只有形狀，大小根本不是同一個等級。

2B控制飛行裝置緊急迴旋。以大型兵器的火力，一擊即可讓航母大破。若不在航母進入射程範圍前解決掉他就危險了。

「9S！上升！」

大型兵器撒出水雷。上空的小型兵器群雖然很煩，破壞力倒沒水雷那麼大。

她一面處理小型兵器，一面接近大型兵器。破壞炮臺，摧毀追過來的小型兵器，再度攻擊大型兵器，如此反覆。

「確認已破壞敵方飛行兵器。」

三棘鬣型機體用力歪向一邊，向下墜落，還將四周的小型兵器也捲進去。沒有浮出海面的跡象。

「現在將對航母進行支援。」

『等等！大型反應還沒消失！』

他在說什麼啊？大型兵器剛剛才被她破壞，確認完全沉默。

『到底在哪裡!?這麼大的……』

9S近似慘叫聲的聲音，被爆炸聲蓋過。與此同時，眼前的海面急速隆起。本以為是炸彈炸出來的水柱，然而並非如此。

海浪推高藍嶺二號，輕而易舉將它翻過來。她看見隆起的海水纏住船身，然後發現不是海水，是潛伏在海中的「什麼東西」咬住了藍嶺二號。

下一瞬間，船身斷成兩截，被砸向海中。

「那是什麼!?」

敵人的體型大得脫離現實。比目前遇過的任何一架巨大兵器都還要大。三隻大眼下面有四隻小眼，散發出代表敵意的紅光。

『怪獸……』

9S說得沒錯。擁有超出常識的大小及力量的——機械怪獸。剎那間就將航母咬碎、化為殘骸。光那一擊就能預測之後的戰況。

怎麼辦？怎麼做才能翻轉這壓倒性不利的狀況？

2B瞪著射出銳利光芒的紅眼，尋找答案……

敵人的強度如她所料——不對，遠遠超出她的預料。

首先，飛行裝置的射擊一律無效。怪獸體表有一層電磁波防護罩，連衛星雷射砲都能彈開。

於是，兩人試著用迫擊砲發射物理砲彈到沒有防護罩覆蓋的部位——怪獸口中。儘管不像雷射光那樣被彈開，仍然無法對其造成傷害。

而且下一刻，令人難以置信的情況在等待他們。怪獸站了起來。等他站起來後才看得出，那是一架大小脫離常軌的人型兵器。他們以為是本體的部位，只不過是頭部……

能試的方法都試過了。衛星雷射砲的強力攻擊、將物理砲彈射入口中這種近乎於奇策的方式，統統不管用。

「這種敵人，到底怎樣才能打倒……」

一定有同伴說過跟2B一樣的話。

怪獸持續行動。大得如同一座山的巨大身軀周圍，不規律地閃現白色火花。他在放電，震動透過空氣傳達過來。跟讓廢墟都市崩塌的震動有點類似，感覺卻比那時更加危險。

『情況不妙！趕快離開這裡吧！』

怪獸晃著巨軀直接衝向他們。2B試圖迴避，可惜太遲了。她感覺到自己被撞飛，2B做好摔在地上大破的心理準備。

然而，那個瞬間並未來臨。取代衝擊的，是被什麼東西接住的輕柔觸感。

「2B小姐，妳沒事吧？」

「帕斯卡……？」

仔細一看，9S的飛行裝置也在空中被機械們接住。是帕斯卡村的村民。

「謝謝你救了我。」

2B本來覺得機械怎麼可能會有感情。甚至想過這些機械自稱和平主義者，未免太過可疑。知道他們是無害的機械後——不對，正因為知道他們無害，2B才更加困惑，無法徹底相信。現在那些機械來救他們了……

放心感與不安同時湧上心頭。2B害怕看清他們的真面目，刻意瞪著眼前的危機——巨大怪獸。

「那隻巨大機械生物，是過去廢棄的兵器。」

帕斯卡一面移動到安全的地方，一面告訴她怪獸的資訊。

「當時我還跟機械生物的網路連接著，所以記得。他一登陸就突然失去控制，不分敵我地發動攻擊。我們也沒辦法阻止他，最後決定將他棄置在深海中。」

『對了——』

9S的通訊傳來。

『我剛才請司令部公開敵方情報，他在三百二十年前登陸過，把護衛部隊的抵抗軍全滅了。』

「也就是說如果不阻止他，慘劇會再次發生。可是，該怎麼做……」

飛行裝置配備的兵器全部無效。連衛星雷射砲都會被電磁波防護罩彈開。既然這樣，就算用黑盒反應自爆，八成也沒辦法將它完全破壞。真的有可能阻止得了他嗎？

『用飛彈！預計裝到航母上的飛彈！』

9S大叫道。

剛才的砲彈已經證明，針對口內的物理攻擊不會被彈開。幸好他們本來要保護的飛彈至今依然完好。

『我去試試看能不能用。』

想奪得飛彈的控制權，需要干涉程式。

「了解。我支援你。」

9S的飛行裝置直線飛向飛彈設置場，2B摧毀追過去的小型飛行兵器，以免他們妨礙9S。

雖說敵人數量減少了，小型敵人依然剩下不少。這種現象是叫蚊柱嗎？2B不經意地想起9S的說明。

她接連擊落小型兵器，察覺飛彈啟動了，發射臺的角度在變，9S的飛行裝置就停在飛彈旁邊。輔助機153的聲音傳來，告知飛彈已經可以發射。

『發射！』

飛彈的推進力開到最大，瞄準怪獸射出彈道外。

怪獸大大張開嘴巴，可能是想威嚇他們，飛彈直接命中口內。

他像在掙扎般晃動巨軀，發出宛如雷鳴的咆哮。相當駭人的聲音。2B腦中剛浮現「是不是再離遠一點比較好」的瞬間，眼前變成一片純白。

然後在察覺自己被捲入爆炸中的同時失去意識。

起初聽見的是噪音，接著轉變為規律的海浪聲。

映入眼簾的是沙子及鐵鏽的顏色。她倒在地上，2B緩緩起身。雖然有點站不穩，還不至於無法走路。

「嗚……」

2B回過頭，看見一座跟海景格格不入的岩山。是怪獸的殘骸。怪獸維持站立的姿勢被燒焦，全身冒著白煙，顯然已經停止活動。

與此同時，她想起剛才的情況。飛彈命中怪獸口中，緊接著發生EMP爆炸。9S成功控制了飛彈。

然而，9S本人的身影卻到處都找不到。帕斯卡跟他的同伴也是。

「呼叫地堡。這邊是2B，請回答。」

2B判斷在和9S會合前，必須先掌握現狀。

『2B隊員!?這邊是通訊官！妳沒事吧!?』

平常就容易興奮的6O，今天語氣特別激動，看來她應該很著急。

「現在在檢查身體。基本功能沒出問題。」

『太好了……』

6O鬆一口氣的聲音，甚至連這邊都聽得見。明明用不著這麼擔心。2B一方面無奈，一方面又因為害她擔心成這樣而感到愧疚，努力讓聲音維持鎮定。

「比起這個，麻煩告訴我現在是什麼情況。」

『好的。出現在海岸的超巨大機械生物，在你們的攻擊下於八小時前停止活動。』

「八小時!?過了這麼久!?」

她明白6O剛才為何那麼激動了。八小時後才接到聯絡，當然會驚訝。

『敵人的EMP攻擊導致各地的通訊設備故障，目前無法即時聯絡各地和修復設備。』

規模那麼大，而且還不是單純的爆炸，而是EMP爆炸，這個結果並不意外。

「然後呢？9S在哪裡？」

6O沉默了一瞬間。

『雖然偵測得到微弱的黑盒訊號，沒辦法確定他的現在位置。』

黑盒有反應，代表他還活著。不過既然訊號微弱到無法確定位置，9S極有可能身負重傷。

「我要開始搜索9S。幫我向司令官徵求許可。」

『啊，司令官已經下達命令了。以搜索剩下的寄葉部隊為優先。』

在放心的同時，2B再次深深感受到自己停止活動了多久。

『2B隊員，9S隊員就麻煩妳了。』

2B回答「了解」，飛奔而出。

她很快就搜索完海岸，回到抵抗軍營。

輔助機042上的偵測器，無法連微弱的訊號都偵測到。根據輔助機的說明，想探測9S的訊號似乎需要特殊的掃描器。幸好抵抗軍營有用過那個掃描器，運氣好的話，說不定現在也還好好保存著。

一找到安妮莫寧，2B就開門見山地說：

「我在找能偵測到微弱黑盒訊號的特殊掃描器。」

「特殊掃描器？」

安妮莫尼納悶地皺眉，不過馬上就點點頭說「噢，辛苦妳了」。她似乎已經聽說地上的寄葉部隊在搜索失蹤的隊員，然後瞬間理解在搜索途中，2B回到抵抗軍營代表的意思。

「那是她們做的機械。時機正好，她們剛遠征完回來。」

「她們？」

「去問那邊的紅髮人造人吧。」

「知道了。」

安妮莫寧總是直接講重點，省下不少時間。可是在２Ｂ轉向右方時，安妮莫寧叫住了她。真難得。

「２Ｂ，關於我說的紅髮人造人……」

她話還沒說完就閉上嘴巴。

「怎麼了？」

「沒有，沒什麼。」

２Ｂ不是不好奇安妮莫寧想講什麼，卻沒有繼續追問。當下她正趕時間。她左顧右盼，確實有對紅髮的人造人。不過，她本來以為只有一人，沒想到有兩個。２Ｂ跟其中一人對上目光。

「妳幹麼？」

那人口氣很差，到處亂翹的髮尾也讓人聯想到氣得炸毛的野生動物。

「不可以突然挑釁別人啦，迪瓦菈。」

「是波波菈太沒戒心了。」

２Ｂ透過這段對話得知，進入備戰狀態的人造人叫迪瓦菈，在一旁責備她的則是波波菈。波波菈同樣是紅髮，頭髮卻筆直柔潤，同樣反映出了性格差距。

「對不起唷。請問有什麼事？」

「我在找能偵測到微弱黑盒訊號的特殊掃描器。」
出乎意料，回答2B的是迪瓦菈。
「喔。這麼說來，我們之前確實做過那種東西。」
迪瓦菈站起身，開始翻旁邊的行李。
「想偵測黑盒訊號，表示妳在找人對不對？」
波波菈微微歪過頭。看來這兩個人不知道要搜索寄葉隊員的情報。安妮莫寧也說「她們剛遠征完回來」，八成是來不及通知她們。這樣一想就能理解她們衣服有點髒的原因了，大概是因為連日在外露宿。
「有了有了。拿去，妳要就給妳吧。」
迪瓦菈將輔助機用的小型晶片放到2B手中。2B向她道謝，迪瓦菈突然高高揚起嘴角，笑了出來。非常親切的笑容，跟讓人覺得難以接近的第一印象相去甚遠。
「希望妳能快點找到人。」
波波菈露出不細看就看不出來的淺笑。平淡的表情和語氣，都跟迪瓦菈完全相反。明明有著相同的髮色與容貌。
「有什麼需要的儘管跟我們說。」
「不過勸妳最好別跟我們走太近。」

「迪瓦菈真是的……」

波波菈從旁戳了迪瓦菈幾下。迪瓦菈皺著鼻頭說「這是事實吧」，2B由此看出她們「有隱情」。安妮莫寧剛才話只說到一半，恐怕也是基於同樣的理由。

她不打算深究那個「隱情」，也不打算一直把它放在心上。假如司令部下達拘捕這兩個人的命令，自然另當別論，不過事實上並沒有，那就沒問題了。誰都會有一兩件不想說的事……包括自己。

＊

2B回到沉沒都市，繼續搜索。迪瓦菈做的特殊掃描器準確度很高，偵測到好幾個之前完全沒發現的黑盒訊號。

瓦礫底下、沉入水中的建築物之間等乍看之下看不出來的地方，發出微弱的訊號。是身負重傷，不但不能自力行動，甚至連求救都做不到的寄葉隊員。

每找到一名隊員，2B就會幫她們注射邏輯病毒疫苗，將座標傳給地堡，請求支援。

然而，9S並不在這些傷患中。

「明明偵測得到黑盒訊號……」

為什麼無法確定他的位置？是訊號太微弱嗎？還是距離太遠……

「推測：搜索機體9S，被捲入海上的巨大爆炸中。」

身後的輔助機繞到她面前。

「建議：擴大搜索範圍。」

「9S可能被炸飛到更遠的地方？」

「肯定。」

如果是飛往陸地倒還好，萬一9S是往海上飛呢？光想到這個可能性，就令她不寒而慄。

「否定。」

「我還沒說話。」

「目前關於9S的情報皆沒有絕對的準確度。因此，為建立在不準確的情報上的推論感到悲觀，毫無意義。」

「……知道了。」

手上沒有半個確實的情報，卻總往不好的方面想，陷入消沉，確實是無意義的行為。

「話說回來，總覺得輔助機今天話特別多。」

「肯定：我是支援裝置。若有必要就會進行對話。」

原來如此。它是因為9S不在才一直說話，平常都是9S在旁邊喋喋不休。現在只要輔助機不出聲，沉默就會永遠持續下去。輔助機大概是判斷這個情況並不好。

「建議：2B主動開啟對話。」

「駁回。」

愛說話又愛笑，是9S的任務。誰都無法取代。就算語氣相同、表情相同，那也不是9S。至少對她來說不是……

2B邊想邊走向海邊。這時成堆的遺體下傳來呻吟聲，掃描器也有反應。

「報告：仍有黑盒訊號。確認生命反應。」

2B拉起有一半泡在海水中的義體。衣服吸進海水，變得非常重，她費了很大的力氣才將那名隊員搬到地面上。

「輔助機，檢查模組，注射邏輯病毒疫苗。」

2B讓她咳出海水，仰躺在地上，那名隊員微微睜開眼睛。

「我已經向地堡發出求救訊號，應該很快就會有人來救妳。」

「謝……謝謝……」

看來她勉強能說話。

「我們在搜索同行的寄葉機體9S，若妳知道些什麼，希望能提供情報。」

「9……S……？噢，那個跟妳在一起的男生……」

「任何情報都可以。拜託了。」

「那孩子……在爆炸時被炸飛……」

她親眼看到9S被炸飛。

「方向是？」

2B感覺得出自己的聲音在顫抖，海鳥的叫聲聽起來格外刺耳。

「我把……預測著地位置的資料……傳給妳。」

「謝謝妳。」

輔助機告訴她「傳送完畢」。

「這是……！」

看到資料內容，2B心想「難怪沒辦法確定他的現在位置」。9S的預測著地位置，在比沉沒都市更靠近內陸的地方。

「謝謝。在救援部隊抵達前，待在這不要亂動。」

「祝妳……順利……找到人……」

2B用力點頭，奔向目的地。

Another Side "Adam"

知道的越多就越疑惑。調查得越仔細就離我越遠。人類這個種族真是太不可思議、太不合理了。

從根本上來說，我們機械生物和人類的生存方式有著顯著的差別。人類會群聚在一起，卻沒有共同的網路。乍看之下傾向追求以一個獨立個體的身分生存，同時又對身為獨立個體的自己不太執著。

最明顯的例子就是自我複製。人類的自我複製極為粗糙，精密度相當低。他們的技術不是不能創造出完美的複製品，卻不積極使用那個技術，反而熱衷於名為「生殖」的不完全的自我複製行為。

除此之外，他們禁止將原型與複製體視為同一人。聽說人類稱原型為「父母」，稱複製體為「小孩」，刻意把兩者視為不同的存在。這段關係比起原型與複製體，感覺更像造物主與被創造物。

人類都有人造人這個被創造物了，何必特地將自己的複製體貶低到跟被創造物一樣的等級？難以理解。這是一個謎。

說起來，我們的造物主什麼謎團都沒留下。膚淺又缺乏多樣性、缺乏獨創性，是一群無聊的傢伙。跟他們比起來，人類的謎團真是太耀眼了。

怎麼調查都永無止境。

「欸，哥哥。為什麼要看書？」

「知識能充實人。」

「直接傳送資料不就得了？」

「不自己看就不會看進心裡。」

「……知道了。」

人類留下的文字。人類藉由僅僅數個到數十個種類的組合，創造出豐富得令人驚訝的「世界」，將其流傳下來。這並非單純的情報，而是小小的世界。

人類透過「閱讀」文字，將「世界」吸收進腦內。這是資料傳送絕對做不到的。我認為書籍這種東西的可能性，與人類的多樣性有著共通之處。

我隨意地拿起書本閱讀，然後發現一件事。某個特定概念頻繁出現，做為人類行動的根據與選擇基準。

死亡。

人類喜歡用「拚死」、「感覺快死了」、「還以為會死」、「比死更加」之類的形容。還有以「死亡」本身為主題的書。在「哲學」領域中，這一點特別明顯。

死亡。對我們機械生物而言，是難以理解的概念。

透過網路連接在一起的我們，不會死。核心的能量用光或嚴重破損的話，是會停止活動沒錯，不過也可以重新啓動。可以重新啓動的機能停止，與死亡似乎是不同的。

人類害怕死亡，因此創造出各式各樣的東西。他們試圖克服死亡，卻克服不了。到頭來，縱使人類擁有足夠的技術，還是得與死亡共存。

死亡是如此難以割捨的東西嗎？莫非它擁有無法抗拒的魅力？

倘若身為機械生物的我理解了死亡，是否就能理解人類？

想要理解人類的強烈欲望，說不定是施加在我們機械生物身上的詛咒。不只是我，同胞們也會模仿人類、模仿他們說話、模仿他們行動、模仿他們的感情、模仿他們的穿著、模仿他們的關係……

為什麼？為什麼我們對人類這麼感興趣？

「哥哥，可以把這個弄壞嗎？」

「不行。弄壞就不能用了。」

「可是，這個對哥哥做了很過分的事吧？」

「沒錯。不過，不准弄壞。」

「……知道了。」

我們和人造人戰鬥不需要理由。然而，我們之間的戰鬥並非「廝殺」。因為人造人跟我們都能再生。

等到我跟她戰鬥需要理由的時候，等到那個理由成立的時候，我們是不是就能「廝殺」了？

「哥哥，來玩吧。」

「我在忙。」

「來玩扮人類遊戲吧。」

「之後再說。」

「什麼時候你才肯陪我玩？」

「等事情辦完。」

「知道了。那我等你。」

「嗯，在這邊等吧。」

「在這邊？」

「一個人等，可以吧？」

「這樣你就會陪我玩？」

「嗯。」

「那我等。」

「乖孩子。」

「我會在這邊等你回來。」

不能帶夏娃去。夏娃八成會立刻讓我再生，能夠再生的活動停止不是死亡。我想理解人類，想搞懂人類。

到時，我就終於能從造物主的亡靈手中得到解放了吧。

第五章

第五章

NieR:Automata 長話

2B的故事／對峙

9S著地的預測地點，是在廢墟都市的塌陷地帶。徒步從廢墟都市移動到沉沒都市，得花不少時間，因為建築物崩塌加上道路中斷，必須繞一大段路。不過直線距離並不遠，確實有可能被炸得直接飛過去。

「報告：偵測到9S的黑盒訊號。」

輔助機的掃描器有反應了。

「他的現在位置是？」

「回答：地下洞窟。」

「地下洞窟？有異星船艦的那個？」

「肯定。」

地下洞窟是廢墟都市的一部分崩塌時發現的。預測地點就是在塌陷地帶，所以實際著地地點在地下洞窟並不奇怪。只不過……

「下去看看吧。」

2B沿著設置在豎穴邊緣、通往地底的梯子爬下去。不時環視周遭，確認岩壁上或水坑裡有沒有9S的痕跡。可惜沒有找到他的持有物或衣服碎片，9S本人就更不用說了。

豎穴底部仍然積滿了水，不太好走。這裡也找不到9S，2B向上看去。這個豎穴非常深。如果不靠輔助機的滑空功能直接跳下去，不可能毫髮無傷。

何況9S還不是從洞口跳下去，而是在海上被炸飛。照理說應該會用力摔在洞底。2B不覺得他馬上就起得來，也不覺得他有辦法輕易移動。

那麼，9S為何沒有倒在這裡？

「報告：黑盒訊號的訊號來源，位在地下通道底部。」

「通道底部？」

豎穴底部有兩個方向不同的洞穴。其中一個是一下就能走到底的小洞，另一個則是通往異星船艦的漫長道路。既然輔助機說的是「通道底部」，應該是指通往異星船艦的那個洞穴。

2B感覺腦內警鈴大作。萬一真的那麼幸運，9S有辦法走路，為什麼要往地下通道走？

她命令輔助機開燈，進入地下通道。2B沿上次的路線前進到一半時，輔助機叫住了她。

「報告：黑盒訊號的源頭位在右方。」

「右邊？不是異星船艦那邊？」

「肯定：雖然很微弱，黑盒訊號的源頭，與上次調查所走的路線並不相同。」

2B拐進右邊的岔路。

「他跑到這麼裡面的地方啊……」

果然有問題。為何特地進入未知的通道？再說既然能走這麼遠，應該也能爬梯子從豎穴底部上來才對。

而且底部還變成了一座升降機。她已經無法否定。結論只有一個……

「報告：可能是陷阱。」

「無所謂。」

2B按下升降機的按鈕。

沒有顯示樓層，但感覺得到升降機正在下降。目的地是地下洞窟的更下方，所以非常深。難怪無法確認9S的確切位置。

不規則的搖晃持續一陣子後，升降機終於停止，發出尖銳聲音打開門。眩目的光直接刺進眼中。

「這裡是？」

2B微微睜開眼，左顧右盼。一整片白色。由於眼睛已經習慣黑暗，這片景色讓她覺得刺眼得不得了。

「偵測：含有矽與碳的結晶狀物質。由於資料不足，詳情不明。」

仔細一看，街景還延續到更後方。可是沒有顏色。一整排都是由純白牆壁與灰色窗框構成的建築物，灰色的影子映在白色道路上，色彩特別明顯。因為統統是用「含有矽與碳的結晶狀物質」做成的，才會沒顏色吧。

「到底是誰在地下建造這樣的城市……」

輔助機回答「不明」。反過來說，這就是答案。既然輔助機無法回答，表示不是他們人造人，再者從年代來看外星人的可能性也很低。既然如此，答案只有一個——是機械生物。

「報告：偵測到9S的黑盒訊號。」

2B謹慎地往輔助機指示的方向前進。這個地方是敵人的設施，越警戒越好。然而，2B慎重的步伐並沒有持續多久。

「那是!?」

她下意識衝出去。一整片白色中突然出現黑色，是寄葉隊員隊服的顏色。而且還不只一個，是到處都有。

「為什麼這裡會有屍體……」

「推測：敵人刻意配置於此。」

地下洞窟是廢墟都市崩塌後才發現的，現在也被視為機密，因此沒有分享情報給其他隊員知道。至於這座「白色城市」，連2B都是剛剛才得知它的存在，很難想像其他寄葉隊員會自行侵入。

意思就是，她們是被機械生物帶到這裡的。不過無法確定死亡時間是在哪個階段。

2B反射性全速狂奔起來。得快點救出9S，趁還偵測得到黑盒訊號的時候。

『對不起。我沒有那部分的記憶。』

9S的聲音浮現腦海，伴隨當時感覺到的椎心之痛。

『那個地帶通訊頻寬很窄。我大概只來得及備份妳的資料，我的記憶只到即將跟妳會合前。』

留在地堡的自我資料備份檔，是什麼時候備份的？萬一他的義體現在被破壞，9S的記憶會回溯到那個時候。

唯有這件事——2B誠心祈禱。唯有這件事要避免，無論如何。她再也不想嘗到那種滋味。

＊

2B不斷向前跑，來到遼闊的廣場。和前面的道路及建築物一樣，只有白色與灰色。黑盒訊號很微弱，距離卻相當接近。

「歡迎來到我的城鎮。」

在廣場中央迎接2B的，是亞當。她並不驚訝，2B早就料到反正八成是他搞的鬼。有點意外的是名為夏娃的個體不在。

「如我以前所說。我……我們機械生物，對人類有興趣。」

2B無視他說的話，走向亞當。不曉得他會在哪裡設陷阱，所以她沒有放鬆戒心，慢慢走過去。

「愛與家族，戰爭與宗教。我越是解讀人類的紀錄，就越被他們特有的複雜性吸引。」

2B感到不快。這讓她想起調查人類文明時，興奮得兩眼發光的9S。機械說出跟9S一樣的話令她反感，而且這個機械八成就是綁走9S的元凶。

「這座城鎮也是基於對人類的渴望創造出來的……」

她又發現一個引起她反感的理由，是亞當的服裝。在異星船艦交戰時，亞當上半身什麼都沒穿，現在卻穿著人類文明的影像資料中出現過的立領白襯衫，還戴著黑框眼鏡。這過度精湛的模仿，使她極為不快。

「是個崇高的地方對吧？拿來當你們人造人的墳場太可惜了。」

「墳場？」

亞當露出意味深長的笑容，2B想起在路上看見的寄葉隊員們的屍體。

是這傢伙殺的嗎……

她抑制住怒氣，默默拔刀。亞當表現出毫不在意的樣子，滔滔不絕地說：

「我們學習人類的特徵，模仿他們。有的模仿愛，有的模仿家族。我也學習、模仿了人類。看影片、看書、穿衣服、吃植物、唱歌、跳舞……模仿過各種行為後，我發現了。人類的本質是鬥爭。戰鬥、掠奪、互相殘殺。那就是人類！」

亞當的語氣逐漸激動起來。他動作誇張地展開雙臂，彷彿在對一大群人演講，聲音傳遍廣場。這副模樣讓2B心中燃起一把無名火。

「愛情底下蘊含憎恨，家族孕育出爭執與糾葛。為了掠奪更多資源而發展文明，為了更有效率地殺人而形成社會……」

「不要用你那張嘴評論人類！」

她氣得反射性拿軍刀砍向亞當。本以為亞當會用空間轉移閃過，他卻單手接住刀刃。襯衫袖子裂開，紅色液體噴出。

「可是，我說得沒錯吧？那就是人類吧？」

「閉嘴！」

紅色飛沫停止溢出。亞當憑那驚人的修復能力治好傷口，他臉上露出有點不協調的表情。跟他所說的話對不上、有種異樣感的表情。

「人類為何要與同種族的人相爭？人類為何要引起鬥爭？我想知道。我想抵達人類的本質！」

「說什麼蠢話！」

2B毫不猶豫砍下去。紅色體液噴出，然後再度停止。亞當又露出那個奇怪的表情，看起來有點悲傷。

「跟網路連接在一起的機械生物是無敵的。不過……」

他是想說「所以，再怎麼攻擊也沒用」嗎？既然如此，只要不斷攻擊，直到他來不及修復即可。然而，亞當接下來說的話卻出乎意料。

「永無止境的資料無法帶給人活著的實感。無法理解死亡這個概念。因此，我決定將自己從網路上分離出來。」

近似於悲傷的表情消失得無影無蹤。亞當笑了，一副發自內心覺得高興的模樣。

「來，讓我們互相殘殺吧！」

這句話反而讓2B冷靜下來。她不是想跟他互相殘殺。機械生物是敵人，所以要攻擊他們。僅此而已。

2B鎮定地告訴亞當：

「我沒時間理你。」

必須快點找到9S。救出9S，帶他回去。來到這裡的目的就只有這一個。

「為何不恨我？只有同伴的屍體不夠嗎？」

亞當將寄葉隊員們的屍體放在這裡的原因，令2B感到反胃。

「警告：心跳加速。注意敵人的挑釁。」

「我知道。」

用不著輔助機警告，因為寄葉隊員禁止擁有感情。

「那麼這樣如何？」

亞當的身體化為光之線。是空間轉移，2B望向亞當轉移到的地方。是建築物上層，亞當指向外牆上的一個點。

「這是為妳準備的。」

外牆的一部分發出聲音剝落。從中出現的，是黑色。

「戰鬥需要有相應的理由對吧？」

是釘在牆上的9S。四肢被槍貫穿，大概是連抵抗的力氣都沒有了。9S沒有掙扎，也沒有呻吟，虛弱地掛在那邊。

「你這傢伙……！」

口腔內部瞬間變得乾燥，她知道自己的呼吸正急遽加速。

「……殺了你。」

某種情緒準備咬破她的身體衝出來。無法控制，雙手不由自主地顫抖。亞當露出滿意的笑容，降落於地面。

「沒錯，就是那種感情！憎惡！」

怎樣都好。殺了他。2B全速飛奔，躍向空中。

「你這傢伙————！」

她一個勁地揮刀。眼前充斥紅色，慘叫聲傳入耳中。以及亞當的笑聲。

「我們都深深迷戀著人類。機械生物和人造人是不是可以視為同類？」

她想讓他閉嘴。想將刀刃刺進那張廢話連篇的嘴巴裡。可是她做不到，只得往亞當身上亂砍一通。

「不過，妳也發現了吧？人類已經滅亡。」

「閉嘴！」

2B踢向亞當的臉。沒踢中，她氣得不停揮舞軍刀。

「警告：敵人的假情報。」

「閉嘴！」

亞當也好，輔助機也罷，統統吵死了！我不想聽！給我閉嘴！人類滅亡了？關我什麼事。我不想知道，不想去思考。沒必要思考。

亞當不停大笑。白襯衫染上一片鮮紅，露出牙齒的笑容令人作嘔。

這傢伙是機械。跟我們人造人不同。就算擁有質感類似的肉、溫度類似的體液，不同就是不同。

目的不同。存在意義不同。還有，下場也……應該不同。

「去死……！」

整個過程相當單純。刀刃沒有受到任何阻礙，刺進體內。刺穿肉的觸感跟它相似得驚人……跟２Ｂ十分熟悉的那個觸感。

不曉得是因為痛苦，還是他想試圖反擊，亞當抓住２Ｂ。但他的雙手一點力氣都沒有，繞到２Ｂ腦後的手臂垂落至肩膀。

２Ｂ拔出軍刀。溫暖的液體從頭上灑落，亞當跪下來倒在地上。

「這就是……死亡嗎……」

他臉上浮現充實卻又還不夠滿足的表情。不過，嘴角確實掛著笑容。

「陰暗……又冰冷……」

紅色液體在他身下擴散，２Ｂ氣喘吁吁地在一旁看著。

機械生物和人造人是同類——這句話在腦海徘徊。想否定卻揮之不去，一定是刀刃刺進體內的觸感害的。因為實在太像了。肯定是這樣，絕對沒錯……

這時她聽見有什麼東西崩落的聲音，以及重物掉到地上的聲音。２Ｂ猛然回頭。

９Ｓ倒在白色地面上，外牆的碎片散落在旁邊。

「９Ｓ！」

２Ｂ衝過去把他抱起來。９Ｓ的喉嚨微微顫抖。２Ｂ從嘴型細微的變化看出，他想呼喚自己的名字。沒問題，黑盒訊號仍持續發出。自我資料沒事。

一股暖意在胸口蔓延開來。與此同時，無以名狀的黑色情緒滴落心中，有如一灘小小的汙漬。那是？不，現在別管那些了。之後再去探討那種情緒是什麼。

「嗯。回去吧，9S。」

2B輕輕抱起9S的身體。

Another Side "Eve"

我很想追著哥哥過去，可是我忍住了。因為我跟哥哥約好要在這邊等，我絕對會遵守跟哥哥的約定。

哥哥要去的地方是我們的「遊樂場」。我們總是在那座城鎮玩扮人類遊戲，一個人去太奸詐了。我也想玩，想跟哥哥一起破壞人造人。

哥哥突然消失了。透過網路也找不到哥哥，連接在一起的感覺消失了。

發生了什麼事？

真想馬上跑去找哥哥。但我不能去，因為我答應過哥哥要在這邊等。

過了一小時、兩小時，哥哥還是沒有回來。

怎麼了？是人造人太難纏嗎？要不要去幫哥哥？

果然該在那個時候殺了他們。可是，哥哥優先遵守跟我的約定，戰鬥到一半就走了。本來再一下就能打倒他們，但我們約定的時間到了。在那之後，我們回到這個遊樂場玩扮人類遊戲。

哥哥會不會後悔沒在那時殺掉他們啊……

數到一百，哥哥就會回來。數到兩百，哥哥就會回來。數到三百……

可是，數到九千九百九十九，哥哥仍然沒有回來。

不管我怎麼等，哥哥就是不回來。我終於忍不住違背約定。雖然這樣就沒辦法讓哥哥誇獎我是乖孩子，我還是選擇衝向「遊樂場」。

快點結束吧。我也會幫忙的，快點殺掉人造人吧。

不過，人造人不在那裡。拿來當誘餌的那具也不見了。

只有哥哥一個人。倒在地上，叫他他也不回。搖他他也不起來。

得快點讓哥哥再生才行……卻做不到。

哥哥死掉了，人造人殺了哥哥。

剛開始，我根本不知道發生什麼事。因為哥哥竟然不在了，我想都沒想過。從我出生的時候，哥哥就在我身邊。一直、一直在我身邊。

哥哥再也不會動，再也沒辦法跟他一起玩了。

我終於明白「哥哥死掉了」的意思。接著，眼淚流了出來，嚇我一跳。喉嚨不受控制地顫抖，聲音不受控制地從口中傳出。

胸口附近好痛。痛到我在地上打滾。可是這樣還是會痛，害我不小心用力撞到桌子。撞到的地方好痛，腦袋一片空白。我繼續用頭撞桌子。因為不這樣的話，腦袋感覺會變得一團亂。

為什麼死掉了？

哥哥出生的時候雖然是一個人，馬上就變成兩個人了，到死都是兩個人。

我出生的時候雖然是兩個人，現在卻是一個人，到死都是一個人……

我知道的。哥哥有比我更著迷的東西。哥哥對我的喜歡，沒有我對哥哥的喜歡那麼強烈。

我一直看著哥哥，只看著哥哥，所以我知道。就算這樣，還是想跟他在一起。只要哥哥在就好。

對我來說只有哥哥……只要有哥哥在，什麼都無所謂。

欸，哥哥。我不討厭打架喔。

不過，我討厭哥哥受傷。

更討厭哥哥不在。

所以，我們一起，找個，安靜的地方……

哥哥　不在　的　世界　乾脆　毀滅吧

第六章

NieR:Automata 長話

2B的故事／重逢

9S在地堡檢查義體，檢查完後資料才會回到地面。在這之前，2B必須一個人執行任務。

她獨自來到帕斯卡村，蒐集地上的機械生物的情報。這次帕斯卡也乾脆地協助調查，還提供其他區域的機械生物的情報。

可是帕斯卡已經從機械生物的網路分離出來，他給的都不是能立即派上用場的情報，頂多只能做為參考。

不過，其中也有9S八成會很有興趣的情報，例如模仿人類設立宗教團體的機械生物的聚居地。

經過一連串調查，2B自身的心境也產生些許變化。她不再跟以前一樣，用「只不過是塊金屬」的眼光看待機械生物。

模仿人類的樣貌、說話流暢的亞當和夏娃。外型跟其他機械生物沒有差別，卻想過著和平生活的帕斯卡及村民們。他們明顯會思考、擁有感情，憑自己的意志行動。

他們跟人造人又有何區別？

人類文明的資料中，有關於「機器人」的影片及文獻。據說很久以前，人類會製造跟機械生物很像的「機器人」，讓它們幫忙工作。製造人造人的技術還沒發展完全時，「機器人」就已經存在於世上。

『機械生物和人造人是不是可以視為同類？』

亞當說過的話和大笑聲縈繞不去。2B將它們自腦海驅散，向前邁步。

她回到抵抗軍營補給和檢查完身體後，再度造訪帕斯卡村……

2B在腦中安排之後的行程時剛好接到通訊，彷彿要打斷她的思緒。

『這邊……抗……營……』

斷斷續續的聲音伴隨嚴重的雜音傳出。聽起來像安妮莫寧的聲音，不過無法斷定。

「報告：偵測到電波阻礙。」

2B停下腳步，專心傾聽。通訊狀況差到不這麼做就聽不清楚。

『……機械生物……這通……救援。拜——』

通訊忽然中斷。是EMP攻擊嗎？總之可以確定，抵抗軍營現在狀況不妙。

「快過去吧。」

幸好這裡離抵抗軍營很近。可是走沒多久，2B就被拖延住了。大量的機械生物，出現在廢墟都市的各個角落。

除了會在這一帶出沒的步行型外，還有大小各異的飛行型。而且不斷有中型機械生物從空中降落。

「到底為什麼這麼多？」

輔助機只回答一句「原因不明」。再加上抵抗軍營傳來的通訊，2B判斷事態非同小可。

「輔助機，用雷射通訊呼叫地堡。」

「收到。」

發生了異常狀況。

必須盡快回到抵抗軍營。2B抑制著急躁的心情，開始驅除眼前的大群機械。

敵人的數量多到怎麼想都不正常，2B花了不少時間才殲滅他們。

等到她終於衝到軍營附近，只見裡面正燃燒著熊熊大火。機械發出的尖銳金屬聲及慘叫聲，伴隨黑煙傳到軍營外。軍營被機械生物襲擊了。

「這是……!?」

2B杵在入口附近。乍看之下，機械生物將人造人壓制在地上，事實卻不僅如此——他們在吃人造人。

到處都是吃得亂七八糟的人造人屍體，其中還有看不出原型的。

機械生物會主動攻擊沒錯，可是至今以來，他們從來沒有吃過人造人。機械生物不會獵食。她一直這麼認為……

不，沒時間愣在這邊。2B踢飛正在吃人造人的機械生物，拿軍刀摧毀它。讓廣場的數具機械生物化為廢鐵後，她來到軍營裡面。說不定有來不及逃走的人。

「2B！」

安妮莫寧也在，她在資材放置場附近協助同伴撤退。

「這到底是？」

她想先確認狀況再說，安妮莫寧卻搖搖頭。

「不知道。這些傢伙突然一口氣殺進軍營……我們想要應戰，但槍械對他們不管用。」

怎麼回事？就在2B納悶之際，輔助機分析完畢了。敵方個體擁有能量防護罩，槍械自然無效。

「建議：近距離物理攻擊。」

「知道了。」

反正在這邊也沒辦法用遠距離攻擊。抵抗軍成員裝備的槍也就算了，輔助機的射擊模式太過強力，在軍營內使用反而很危險。

「安妮莫寧，妳去幫其他人造人避難吧。」

近身戰是B型機種的工作。她聽見安妮莫寧在身後對她說「拜託了」，再度拔出軍刀。

２Ｂ殲滅軍營內的敵人，準備跟安妮莫寧會合時，聽見轟然巨響。緊接著是像要把地殼掀起來的震動。在軍營外面，距離很近。

她立刻衝出去。又出現新的敵人。是架擁有球狀身體和好幾隻腳的大型多腳兵器——蜘蛛型機械。儘管有點難對付，這應該不是會經常遭遇的敵人。

大量出沒的敵人、會吃人造人的機械、眼前這架大型兵器……統統不尋常。究竟發生了什麼事？不，想也想不出答案。只是浪費時間。

２Ｂ高高跳躍，砍向巨大球體的身體。可惜沒對他造成什麼傷害，而且動作還很快。這架機械會用那幾隻腳敏捷地閃避攻擊，因此輔助機的遠距離攻擊也沒什麼效果。

要是９Ｓ在這裡——懦弱的想法浮現腦海。２Ｂ接連想起在廢棄工廠、遊樂園廢墟、沉沒都市與９Ｓ共同奮戰的畫面。

要是９Ｓ在這裡，就可以請他駭進敵人的弱點攻擊，或是搶走控制權，然後趁機……

「２Ｂ！」

她還以為是自己聽錯。腦中的形象太過鮮明，導致自己產生聽見９Ｓ聲音的錯覺。

不過，這個聲音很熟悉。她不可能聽錯，２Ｂ抬頭望向聲音來源。飛行裝置正在朝這邊降落，9S的聲音是從那裡傳來的。

2B看見9S跳出飛行裝置。無人搭乘的飛行裝置沒有減速，飛往地面。

「9S！」

從飛行裝置跳下來的9S在2B身邊著地，來不及穩住身體，摔在地上。

「沒事吧!?」

2B急忙跑過去，在她想要扶起9S的瞬間，背後響起爆炸聲。一股熱風接著襲來，飛行裝置直接撞上蜘蛛型機械。就算有辦法輕易閃過地上的遠距離射擊，來自上空的墜落物肯定預測不到，所以他才會沒閃過吧。

「哎呀，幸好打中了。」

9S痛得皺眉，看起來卻有點得意。不過下一刻，9S臉上突然浮現驚愕之色。

他盯著2B身後。不久前才跟飛行裝置撞上，引發爆炸的蜘蛛型機械殘骸所在的地方。

「這次換成什麼了?」

2B回過頭，看見機械的殘骸。光滑的球體也因為爆炸的衝擊與高溫，融化成詭異的形狀。殘骸不自然地蠕動起來，從中出現一個身影。

「人造人……」

那張臉他們看過，那個聲音他們聽過。是與蜘蛛型機械的殘骸融合的夏娃。夏娃俯視兩人，雙眼發出紅光。

「破壞……統統破壞！」

以此為信號，不曉得從哪裡出現的步行型機械紛紛聚集而來。機械們湧向蜘蛛型機械的殘骸——夏娃的身體，貼在上面。有的在大啖殘骸，有的則融化進去，彷彿要與其同化。不久後，夏娃、殘骸、機械化為一體，變成更巨大的球體。滿是補丁，與怪物之名極為相襯的扭曲球體。

球體開始旋轉，陷入地面，撞倒樹木，速度逐漸提升，大肆破壞。碰巧經過附近的飛行型機械被捲進去撞成碎片。十分驚人的破壞力，但他似乎無法區分敵我，2B思考著該如何打倒他。

『2B小姐！妳聽得見嗎!?』

這時傳來帕斯卡的通訊，嚴重的雜音讓她想起剛才跟安妮莫寧的通訊。

『我們的村子……哇啊啊啊啊！』

突然中斷的聲音，也跟安妮莫寧那次一樣……

「帕斯卡！聽得見嗎!?帕斯卡！」

通訊已經中斷。不久前在抵抗軍營看見的景象，鮮明地浮現腦海。

「9S，我們走。」

不能置之不理。幸好跟夏娃一體化的機械沒有追過來，大概是失去控制了。

＊

連接帕斯卡村和廢墟都市的那條捷徑，入口是封住的。用廢料做了路障。然而，有好幾隻機械生物一隻接一隻用身體撞擊路障。那些路障終究是廢料做成的，不怎麼堅固，一眼就看得出遲早會被突破。

2B從背後偷襲，先破壞一隻。接著往攀在廢料上，試圖撞破路障的個體砍下去。多虧步行型不擅長突然轉換方向，他們連反擊的機會都沒有，處理起來毫不費力。

『2B小姐！9S先生！』

也許是因為這裡離村子很近，與帕斯卡的通訊恢復了。

「帕斯卡！發生了什麼事⁉」

『和網路連接在一起的機械生物同時失控了。我們做了路障應戰，可是光憑我們的武裝……』

連抵抗軍的武器都應付不來，身為和平主義者的帕斯卡他們怎麼可能有辦法反擊。

2B一下砍壞，一下踢倒完全體現「失控」一詞的機械。敵人數量比抵抗軍營的更少，再加上還有前來支援的9S，這次沒花多少時間就清理完畢。

「謝謝你們。得救了。」

四周終於安靜下來，帕斯卡從路障後面走出。村民們馬上著手修復半毀的路障。

「你說機械生物失控了？」

「是的。我不知道確切原因，但我想可能是負責統率整體的單位失去控制，然後透過網路影響到機械生物……」

負責統率整體的單位。2B驚訝還有這樣的存在。不對，其實並不意外。她也有頭緒。

「夏娃……是那傢伙……」

9S說出2B想到的名字。剛才，小型機械彷彿被什麼東西吸引似的，從四面八方聚集而來。肯定是夏娃透過網路叫來的。他負責統率整體，所以辦得到這種事。

本來的統率者應該是亞當，而非夏娃。不過亞當在與2B交戰時主動從網路分離，之後夏娃便繼承他的機能。夏娃是從亞當體內生出的個體，擁有與亞當匹敵的能力也不奇怪。

「只要破壞負責統率的單位，所有機械生物也會停止活動？」

帕斯卡點點頭。

「輔助機，有辦法確定夏娃的所在地嗎？」

「報告：已經找出所在地。」

輔助機好像在聽見2B跟帕斯卡交談的時候，就著手調查了。地圖資料所標示的地方，是陷落地帶的中心。

「我們去打倒夏娃。你繼續守住村子。」

「好的。2B小姐跟9S先生都請小心。」

在機械的目送下前去破壞機械。這是第幾次了呢？不過2B發現，自己已經越來越不會覺得不對勁了。

＊

前往陷落地帶的路上，有一則通訊介入。明明必須盡快打倒夏娃，失控的小型機械卻阻擋在前方，無法前進。2B焦躁地戰鬥著，就在戰鬥途中。

『哥……哥……哥哥……』

通訊畫面毫無預兆地開啟，參雜雜音的聲音傳出。

「好像是廣範圍的強制通訊。」

9S皺起眉頭。

「無法區分敵我嗎。」

2B想起那顆失控的球體。盡情肆虐，連己方的機械生物都一起破壞的夏娃。他的吶喊聲甚至傳到網路外了，真棘手的遷怒方式。

『欸，哥哥。可以把這些傢伙殺掉嗎？』

『夏娃，冷靜點。我話還沒說完。』

是亞當跟夏娃在異星船艦說過的話。現在回想起來，這段對話明白指出了兩人的關係。在那座白色城鎮，2B覺得夏娃沒有跟亞當在一起很不自然，其實並沒有錯。

機械在哀嘆手足的死……

攻擊突然停止。四周的機械生物站著不動，發出分不清是哀號還是咆哮的聲音。

「怎、怎麼了？」

每具機械身體都微微震動，杵在原地。跟發動EMP攻擊的預備動作有點類似，但他們始終沒有要攻擊的跡象。

「到底……發生什麼事？」

叫聲停止。機械們眼中的紅光消失，他們紛紛倒下。躺在地上一動也不動，完全停止了。

2B突然聽見鳥鳴。細微的聲音彰顯了四周回歸寂靜的事實，她發現不知道從哪傳來的砲擊聲與爆炸聲戛然而止。在樹枝上鳴叫的小鳥飛了起來，潺潺流水聲傳入耳中。

「這也是夏娃做的？他讓機械停止了？」

9S喃喃說道。既然夏娃能讓連接在網路上的機械同時失控，想反過來使機械全部同時停止，也是有可能的。

不過，機械在停止前做出的動作、發出的叫聲是什麼？顫抖著的身體簡直像在掙扎，還有那個宛如臨死前的慘叫的叫聲。與其用「停止動作」這麼和平的說法，用「虐殺」形容更符合事實……

「走吧，9S。」

2B與9S在讓人覺得有點不舒服的寂靜中，衝向陷落地帶。機械們停止了，但夏娃還活著。地圖資料偵測到夏娃特有的電波。

去一趟就會知道發生了什麼事。兩人衝下陡坡，跳過瓦礫，朝陷落地帶的中心前進。

然後。夏娃就在與座標資料分毫不差的地方。他坐在瓦礫上，仰望天空。失控的球體不見蹤跡。夏娃看起來像在尋找什麼，又像在忍耐不要哭出來。不對，機械不會流淚。是她自己覺得夏娃像在哭。

夏娃慢慢轉過頭。

「喔，你們來啦。」

他的聲音彷彿只是在朗讀一篇文章。2B之前就覺得夏娃語氣缺乏起伏了，現在聽起來更加平板。不過，與他的語氣成對比，夏娃嘴角掛著微笑。吐出來的氣息中參雜著聲音，最後轉為狂笑。

「你們也這麼覺得吧？這種世界根本沒有意義。」

夏娃站起來。上半身晃了一下，嘴角的笑容瞬間消失。

「對我來說，只有哥哥……只有哥哥……」

淚水自夏娃眼中滑落。真不敢相信，她從來沒看過機械哭。

然而，他的表情立刻轉為憤怒。夏娃左半身的黑色花紋形狀變了。花紋擴散開來，失去原形，變成一整片黑色覆蓋住全身。

周圍的瓦礫飄向空中，如同被磁石吸引過去的鐵砂，貼在夏娃漆黑的身軀上。金屬與金屬互相碰撞，發出刺耳的聲音。

「統統……消失吧！」

裝備上瓦礫鎧甲的夏娃放聲怒吼。空氣隨之震動。2B不是靠理論，而是本能感覺到不打倒他就危險了。

夏娃空手接住2B的渾身一擊。寄葉型的重量約一百五十公斤，再加上重力加速度，即使他穿著瓦礫鎧甲也不可能毫髮無傷，紅色液體自連接在一起的金屬縫隙間噴出。

然而，夏娃一點都不在意，揮拳反擊。是痛覺麻痺了嗎？還是他承受著足以蓋過身體疼痛的「另一種痛楚」……

「為什麼殺了哥哥！」

這一拳動作大到輕易就能躲開。完全沒有經過思考，感覺不像真的想擊中他們，只是在遷怒。

夏娃一下打中地面，一下擊碎瓦礫和石頭，碎片四散。其中一片碎片波及手臂，令2B忍不住皺眉。只不過是一小塊瓦礫就有這麼大的威力，要是被直擊就完了。

「9S，到後面去！」

S型的戰鬥能力應該對抗不了現在的夏娃。連閃不閃得掉都有危險，更遑論發動攻勢。

2B用眼角餘光確認9S退到後方後，閃過拳頭逼近夏娃。瞄準吸附在漆黑身體上的瓦礫的縫隙，拿刀刺進去。

只感覺到金屬互相碰撞、令人不快的觸感。這一刀只讓幾塊瓦礫剝落而已。即使如此，2B依然不斷嘗試。覆蓋在體表上的金屬片慢慢剝落。

皮膚總算開始露出。2B朝那裡刺下去。紅色液體噴出，夏娃的動作卻絲毫沒有改變。就算被她砍了好幾刀，就算全身上下噴出體液，仍舊不停揮動拳頭。

這也是理所當然，畢竟夏娃身上名為「痛覺」的優秀感應器沒有發揮功用。感覺不到痛就是這麼一回事。不會發現傷害在逐漸累積，得等到動彈不得為止，才能掌握身體狀態。

「輔助機！」

現在應該能傷到他。2B的推測是正確的，輔助機射出的雷射光直接命中夏娃，他的動作終於變遲鈍了，上半身劇烈晃動。正當2B覺得只差一步就能擊敗夏娃——

「警告：發現巨大能量反應。」

「怎麼回事？」

是要像炸出這個陷落地帶的大型兵器一樣爆炸嗎？2B反射性後退。然而事實並不如她所想。

夏娃的身體發出神祕光芒。紅色飛沫停止噴出，他恢復了。

「推測：由大量機械生物供給的能量。」

「他透過網路從附近的機械身上吸收能量？」

「肯定。」

2B想起與亞當的戰鬥。在亞當主動脫離網路前，對他造成多大的傷害都會立刻修復。和那時候一樣。

「這樣沒完沒了……」

花那麼多時間攻擊，結果只是徒勞。她實在不覺得自己有辦法給予夏娃超過那個修復速度的傷害。

「既然這樣——」

背後傳來聲音。

「我來駭進夏娃，把他從網路分離出來。」

2B回過頭，9S默默盯著夏娃。

「了解。麻煩你了。」

她將9S毫無防備的義體護在身後，用刀彈開朝9S飛過來的瓦礫，用腳或身體擋住夏娃的拳頭。最後抵擋不住，被砸到地上。

「警告：敵方個體連接的網路十分龐大。」

輔助機的聲音讓2B覺得煩躁。

「預測：9S駭客成功的可能性極低。」

她都刻意無視了，輔助機卻接著說道。

「建議：放棄9S的護衛任務。」

「吵死了！9S說他做得到……就是做得到！」

2B大聲怒吼，輔助機終於沉默。至今以來，9S的駭客技術助她脫離了好幾次困境。支援9S是她的工作。

同時，她感覺到些微的痛楚。不知不覺，兩人並肩作戰成了理所當然之事。不過對9S來說，她是……

不行，現在不能想這些。

「報告：確認敵方個體的網路功能已切斷。」

她轉頭望向9S。看見一動也不動的義體稍微動了一下，2B重新開始攻擊夏娃。

跳開來閃過他的踢擊，避開拳頭拿刀砍下去。傷口沒有癒合的跡象，這樣就能破壞他。

2B感覺到自己確實對夏娃造成了傷害，再一下就能打倒他了——瞬間的分心導致她露出破綻。

身體在她心想「糟糕」的瞬間受到衝擊。拳頭直接命中。2B雖然反射性想拿軍刀抵擋，卻削弱不了拳頭的力道。刀刃發出尖銳聲音斷成兩半飛出去。2B竭盡全力踩在地上，才勉強沒有摔倒。

下一擊要來了。她還沒站穩，註定躲不開。

剎那間，一個身影從背後跳出。是9S。仔細一看，他跟夏娃一樣，手上包覆著瓦礫。是夏娃吸附周圍的金屬片代替護盾的那一招，想必是在駭進去的時候學會的。

「夏娃！」

夏娃想要給2B最後一擊，所以來不及對9S做出反應。9S那隻包覆著瓦礫的手臂，與夏娃同樣被瓦礫覆蓋住的手互相撞擊，引發轟然巨響和衝擊波。

「2B！趁現在！」

被彈飛的9S在空中吶喊。夏娃身體大大後仰，看來沒有成功抵銷9S的攻勢。2B拔出大劍，若是現在，攻速慢的武器也來得及。

她用大劍砍向站不穩的夏娃。夏娃用右手擋住劍刃，2B使出更大的力氣，將全身的重量壓在大劍上。

夏娃的右臂發出沉悶聲響掉到地上，慘叫聲響徹四方，2B再度揮劍。

夏娃的叫聲變了。大劍從2B手中彈飛，是EMP攻擊。無法維持姿勢，2B跪倒在地。

「警告：NFCS毀損，無法進行近距離戰鬥。」

儘管如此，2B還是站起來撿起斷掉的刀。快了，再一擊就能破壞夏娃。

夏娃一動也不動，可能是剛才的EMP攻擊讓他耗盡力氣了。他跪倒在地，垂著頭沒有反應。

「哥……哥……」

2B走向低著頭的夏娃。

「我明明……其他什麼都不要……」

所以才讓身為同伴的機械同時停止活動？他的憤怒及憎恨，理應只該針對殺掉亞當的2B，夏娃卻不分敵我大肆發洩，是因為他想捨棄亞當不存在的世界嗎？

多麼自我中心又不像機械的行為。比她這個禁止擁有感情的寄葉型更加……更加……

2B舉起斷掉的刀，驅散腦中的猶豫，刺進夏娃的後腦勺。夏娃立刻倒下，2B確認他特有的電波消失了。徹底停止活動。

「這樣就……全部……」

結束了。她吁出一口氣，抬頭望向天空。緊緊握在手中的刀發出聲音，掉在地上。

2B遍體鱗傷，連能不能筆直行走都不一定。9S八成也一樣。得先回抵抗軍營檢查身體，再回地堡維修……就在這時。

背後傳來呻吟聲。

「9S？」

9S沒有回應。她急忙回頭，看見9S在抓自己的喉嚨。

「9S！」

她想立刻衝過去，雙腳卻不聽使喚。2B著急地走向9S，她清楚看見9S雙眼的顏色，大概是剛才被打飛時眼帶不小心掉了。

「把夏娃從網路上分離出來時……好像遭到了物理汙染。」

「怎麼會……」

9S露出哭笑不得的表情。他的眼睛是鮮紅色的，感染邏輯病毒的典型症狀。惡化到這個地步，注射疫苗也治不了。

「別擔心。可以用地堡的資料還原成過去的狀態。」

「但是那麼做……現在的你就再也不會回來……」

之前檢查資料時，說不定有順便備份。但沒有備份到的這段期間的資料會消失。從飛行裝置上跳下來的9S、為了將夏娃從網路分離，決心駭進他的9S、在夏娃要殺死2B時拯救她的9S，以及擁有跟她一起打倒夏娃的記憶的9S……會消失。

「是啊……畢竟，不能把受汙染的資料上傳回地堡……」

9S說出來的話語，處處參雜意義不明的雜音。病毒正在汙染自我資料。

「拜託……2B。我……」

他的表情因痛苦而扭曲。9S能保有意識的時間，已經所剩無幾。

「希望……由妳……」

接下來的話，不用說完她也知道。被邏輯病毒汙染的人造人將失去控制，到死都會不斷攻擊同伴。得在事態演變至此前處理掉被汙染的機體。

她用雙手包覆住9S的臉頰，回答「我知道」。不曉得是不是錯覺，9S看起來在微笑。

2B雙手向下移動，圈住9S的脖子。用刀劍類破壞胸部會比較不痛苦，但NFCS損壞了，她沒無法拿武器。

她將全身重量集中在手上，掐斷9S的脖子。9S四肢劇烈顫抖，很快就不動了。

「為什麼……總是，這樣……」

為什麼，總是這種結局。為什麼怎麼做都擺脫不了殺死9S的命運。

這是她第幾次殺死9S了？

9S在掃描型機體中也屬於特別優秀的。正因為太過優秀，他總會忍不住去探求列為機密事項的情報。正因為駭入技術過於精湛，他總會忍不住違反規定入侵主要伺服器，每一次司令部都會下令破壞9S。

2E將名字換成2B，接近9S，長期負責處刑他。處刑完畢後消除記憶區塊的一部分，將9S得到的機密情報盡數刪除。當然也包括2B其實是2E的真相，以及他們共同行動的記憶。

因此，每當接受新任務，9S見到她時總會用敬稱喚她「2B小姐」。只有2B知道那段對話重複了好幾次。

「奈茲……」

現在的9S並不知道2B用暱稱「奈茲」叫過他。不知道他們一起度過的時間，遠比9S所知的更長。

她明白處分夥伴是自己的職責。破壞在戰場上失去行動能力的同伴的義體，有時則追捕逃兵或背叛者，將其處理掉——那就是以處刑為任務的E型機種。

然而，每當她處刑9S，每當她刪除9S的記憶，都會痛苦得難以忍受。真想乾脆放棄任務，讓自己被處刑。

儘管如此，她依舊繼續以2B的身分出現在9S面前，因為她跟9S約好了。

就算失去了記憶，我還是想再見妳一面，所以希望妳不要猶豫，殺了我——為了實現9S的願望。

淚水自眼眶滑落，滴到9S冰冷的臉頰上。不想擁有感情，卻無法將悲傷的情緒完全捨棄。還得承受多少次這樣的滋味？還得聽9S對自己說多少次「初次見面」？還得偽裝自己的心靈多少次？

她心目中的9S，就只有第一次殺掉的9S。之後的不過只是複製品——她也曾經這麼想過。「我只是不斷在殺冒牌的9S」。

不過，她騙不過自己。就算告訴自己那是假貨，奪走9S性命的痛楚仍然揮之不去。無論何時，在她面前的9S就是「現在的」9S。

明明這次尚未下達處刑命令。也許，這次真的能一直維持2B的身分，只要別在這種地方被邏輯病毒感染。

面臨這樣的結局，難道意思是不管有沒有處刑命令，他都逃不過親手殺害9S的命運嗎？

「我還以為……這次你說不定能保持現在的樣子。」

不曉得哭了多久。2B感覺到某種氣息，抬起頭。

不遠處的地上有顆機械生物的頭部，兩眼正發出綠光。

「還有……殘存的嗎……」

都是這種機械害的。都是這些傢伙害「現在的」9S死掉，憤怒壓過了悲傷。

2B踉蹌著起身，撿起斷掉的刀。

「這種機械……！」

正當她準備將之敲爛時。發出綠光的不只那顆頭，散落在四周的機械生物殘骸也一同發出綠光，不停閃爍的綠光充斥周遭。

「這是？通訊？」

是什麼信號嗎？雙眼發出綠光的機械生物並沒有攻擊她。跟帕斯卡和他的同伴一樣。機械們閃著表示沒有敵意的綠光，是想傳達什麼意思？

不久後，近在身旁的機械站了起來。是一架體型比2B大好幾倍的巨大步行型，雙眼的光為綠色。2B立刻進入備戰狀態。體力雖然恢復了一些，也不知道可以戰鬥多久……

「等、等一下！2B！」

流暢的說話方式，以及「2B」這個稱呼。

「你是……？」

2B瞪大眼睛。難道。竟然有這種事？語氣跟9S一樣的機械。

「我之前好像有把個人資料留在機械生物這邊。回過神來，已經在周遭的網路上重新構築出自我了。像這樣不斷建構出複數的自我是很珍貴的經驗，我想記錄起來，可是我還不能連接保存區塊，所以我先把它分成好幾份儲存在附近的敵人的記憶體中，等我回到自己的身體——」

「9S。」

２Ｂ打斷他說話。這麼快的語速，是發現罕見事物時興奮的９Ｓ。即使聲音不同、外型不同，２Ｂ知道那就是９Ｓ。

「太好了……」

「嗯。」

機械的手臂伸向她。２Ｂ一靠到他手上，９Ｓ就輕輕抬起手。彷彿在表示他想看清楚２Ｂ的臉，２Ｂ就這樣一直凝視綻放綠光的雙眼。

西曆一一九四五年五月二日。在沉沒都市海邊出現超巨型機械生物，擊沉航母藍嶺二號，試圖登陸。周圍的寄葉部隊隊員全數出動，阻止該個體。最後成功將其擊破。

然而，超巨型機械生物遭到破壞時發生的EMP爆炸不僅重創友軍，寄葉型機體9S還被炸飛至內陸，遭到敵方個體亞當囚禁，長時間處於拘束狀態。

由於有遭到邏輯病毒感染的危險性，9S被救出後於地堡對資料進行精密檢查，在最終階段發生問題。同步資料至地堡伺服器時，偵測到細微的雜訊，因此9S決定停止同步資料。為了探究資料出現雜訊的原因，他連接到主要伺服器。

當時他在連接埠內部發現不自然的防壁，選擇突破防護罩。9S無視本機的警告，取得防護罩內的資料，抵達最高機密「寄葉計畫紀錄」之目錄。

寄葉機體9S因為身為掃描型的性能優秀，設計時就預測9S可能有辦法抵達最高機密「寄葉計畫」。至今以來，9S也再三嘗試過私自登入主要伺服器。

本機在執行通常任務時，將做為隨行支援裝置協助9S，不過偵測到9S私自登入主要伺服器時，必須盡快通知司令部及E型機種。

這次本機也在9S突破主要伺服器內的防護罩時通知司令部。按照慣例，懷特司令官會立刻對2B——即2E下達處刑命令。接獲命令的2E也會立刻重置9S的自我資料，以及刪除特定記憶區塊。

然而這次，司令官的應對方式與以往的慣例截然不同。她不僅沒有命令2E處刑9S，還將記錄人類議會及寄葉計畫概要的晶片交給他。難以理解的行為。

西曆一一九四五年六月二十六日。人類軍執行針對地上的大規模侵略作戰。原因在於敵方中心裝置「亞當」、「夏娃」消失後，敵方機械生物的指揮系統出現混亂。2B、9S兩名也以游擊部隊的身分參加該作戰。

推測我們未公開的任務也即將開始。

報告：輔助機153呼叫042，已記錄至內部網路。

建議：準備進入最終階段。

第七章

NieR:Automata 長話

9S的故事／失去

『確認擊破敵方網路中心裝置「亞當」及「夏娃」。當下，敵方指揮系統陷入暫時的混亂狀態。人類軍決定把握這個機會，對機械生物發動總攻擊，我們寄葉部隊當然也不例外。』

9S斜眼看著輔助機投影出的通訊畫面中的司令官，走在廢墟都市裡面。腳下的小樹枝發出響亮聲音被踩斷。

『回想起來吧！故鄉被奪走的痛苦！』

我的故鄉又沒被奪走——9S在心中自言自語。寄葉型人造人是在衛星軌道上製造出來的，不是地上。可是，司令官並沒有說是「誰的」故鄉。因為用不著講明，其他隊員也會知道，只有他會往這種扭曲的方向想。這裡的主詞是「人類」，而非「我們」。

挺會說話的。想到「故鄉被奪走的人類的痛苦」，就會覺得自己不得不戰鬥。不得不為人類行動，他們就是被設計成這樣。

『我們不會放棄！要取回海洋、天空、大地……取回被可恨的機械生物奪走的地球！』

這句話的主詞出現「我們」了。因為有想起「人類的痛苦」會覺得不得不做些什麼的基礎，才能連接到「我們不會放棄」。讓他們想為人類奮戰到底。提升士氣的演講就該是這樣，儼然是個標準範本。

對於會這麼想的自己，9S產生些許厭惡感。然後有點怨恨讓自己自由選擇的司令官，她選錯人了吧。

聽見司令官說「你自己決定該怎麼做吧」的時候，他懷疑自己聽錯了。我主動坦承入侵了主要伺服器，妳不處罰我嗎？

9S在將2B跟自己的戰鬥資料同步到主要伺服器時，感覺到細微的雜訊。他無法視而不見，決定調查主要伺服器。

9S之所以沒有把這件事當成自己多心，是因為最近他一直感覺到「某種氣息」。有人盯著自己的氣息，有人在自己身邊的氣息……

只不過，要說那是「氣息」未免太微弱了，微弱到可以用「錯覺」來解釋。

第一次感覺到那股氣息，是在伺服器管理室。彷彿有人從背後盯著作業中的螢幕看、類似視線的氣息。通訊官210緊接著就進來了，所以他以為那是210的視線，將這件事拋在腦後。

第二次是在機庫。準備搭上飛行裝置的時候，他覺得有人在柱子後面盯著他。但那時司令官下達緊急出動命令，9S沒時間確認。回到地堡後，他調查了一遍機庫，沒有異常。

也就是說，那股氣息連S型的探查能力都捕捉不到。所以儘管訊號非常微弱，他也不想放過以雜訊這種「形式」顯現出來的異狀。

結果他無法查明雜訊的真相，反而不小心發現驚人的真實。

司令官說，人類已經不存在了。在她發現９Ｓ入侵主要伺服器，把他叫去談話的時候。

對９Ｓ來說，有機會跟司令官單獨交談正好。他想在沒有其他隊員的地方跟司令官問清楚。為何寄葉計畫中會有建立月球人類議會的紀錄？若是人類議會的建立紀錄裡包含寄葉計畫，那還能理解。因為創造出寄葉型人造人的是人類，制定寄葉計畫的也是人類。可是，寄葉計畫裡有建立人類議會的紀錄太奇怪了。這樣簡直像司令部建立了人類議會。

司令官乾脆地回答「沒錯。月球的人類議會伺服器是我們設置的」，肯定他的疑惑。除此之外還告訴他，人類在外星人來襲時就已經滅亡，射向月球的是殘留下來的「人類的基因情報」。

為什麼要做這種事？９Ｓ記得問這個問題時，他的聲音相當模糊。司令官的聲音卻異常清晰。

「沒有人能毫無理由便投身戰鬥。我們需要值得獻出性命的神。」

她將儲存所有紀錄的晶片交給９Ｓ，叫他自己決定今後該怎麼做，然後就離開了……

『願人類榮耀長存！』

對於知道人類已經滅絕的9S來說，這句話會害他心神不寧。想要無視這無意義的行為，「對人類的忠誠心」卻會妨礙他。話雖如此，他也沒辦法像之前一樣乖乖將左手擺到胸前。

如果要用一句話形容他現在的心情，就是「受不了了」。

「是要我怎麼辦啦……」

9S在猶豫該不該告訴2B。跟她講一聲是不是比較好？

B型因為機種的特性，經常被派到最前線作戰，處境比誰都還要危險。因此，他認為2B最有權利知道，就算犧牲自己奪回地球，人類也已經不在了。

不過考慮到2B的心情，他又覺得繼續瞞下去比較好。2B知道的話肯定會產生動搖，會不知所措。至少自己就是如此。他不想讓2B嘗到同樣的滋味……

最後，他還是沒能告訴2B真相。幫2B檢查系統時，他一直重複欲言又止，將話語吞回去後又想說出來的過程。

檢查完畢後，他叫住離開房間的2B，卻開不了口。說出口的只有「小心點」這句話。

然後，最後的大規模侵略作戰終於揭開序幕。

＊

用傳送裝置轉移到廢墟都市時，9S首先感覺到的是空虛。他心想，一個人好無聊。空虛在他不斷向前走的期間，帶來寂寞與不安。

都是因為最近在地上執行任務時，總是跟2B在一起。無論是走在搖搖欲墜的大樓間、沙子會跑進鞋底的沙漠中、充滿油臭味的工廠廢墟內，2B都在身旁。

9S明白這絕不是理所當然。S型的地上任務大多是單獨調查，就算是同為S型的機種也很少共同行動。2B在他身邊是例外。

『……命令如上。理解了嗎？』

9S正在與身在地堡的通訊官210通訊，他努力回想210剛才說的話。

「呃……我們掃描部隊要為總攻擊做準備，駭進敵方的防空系統癱瘓它。」

『就是這樣。很棒。』

「我怎麼覺得妳把我當小孩子看？」

『是錯覺。』

210鎮定地否認，可是9S沒遲鈍到看不穿她的謊言。現在他剛讓一具接收防空系統訊號的機械生物停止活動，210又說了句『很棒』。

不僅如此。

『戰鬥中請盡量遠離該區域。』

「這樣我怎麼支援？」

除了調查跟蒐集情報，戰鬥時用駭客技術支援夥伴，也是S型的重要職責。跟敵人離太遠會駭不進去，因此他必須停留在戰鬥區域內，還得小心不要妨礙戰鬥。

『像你這樣的掃描型機種不適合戰鬥。』

「咦？妳在擔心我嗎？」

『不，因為你在戰場上也只會礙手礙腳。』

簡單地說就是「小孩子到一邊去」。

「我知道在指揮官小姐眼中，我不怎麼可靠……不過這樣說未免太過分了。」

沒必要把我當小孩子對待吧——9S心想。在伺服器管理室工作的時候也是，210一下叫他休息，一下念他姿勢不良，囉嗦得不得了。

9S嘆著氣說「我都知道啦」，然後接到同樣來自地上的通訊。

『11S呼叫9S。聽得見嗎？』

「聽得見。」

『我負責的部分全部完成了。你那邊狀況如何？』

9S之外的掃描型隊員，也有參加癱瘓敵方防空系統的任務。

「我這邊也……剩下一具吧。」

他剛讓鐵塔上空的機械生物停止運作。9S開著通訊畫面，從梯子上滑下來。

『了解。你回地堡後記得同步資料。』

「啊……我忘了。」

因為暫停同步資料後，他就馬上發現了那個機密情報。現在他才想起這回事。

『你還沒上傳戰鬥資料，所以我們掃描型機種統統無法更新。』

他說得沒錯，9S無法反駁。

「這場作戰結束後，我就去處理。」

『拜託你囉。』

結束通訊後，9S飛奔而出，讓「剩下那具」停止運作。

＊

癱瘓敵方防空系統後，9S與從地堡下到地面的2B會合。先遣部隊已經在各處展開戰鬥，9S他們要擔任游擊部隊支援其他人。

敵人全是從網路分離出來的機械，殲滅有如一盤散沙的敵人毫不費力。

而且，現在2B就在旁邊。對他而言總算「回歸平常」。

「勸你別太鬆懈。之後不曉得會發生什麼事。」

「是——」

多虧只要跟之前一樣戰鬥即可的安心感，緊繃的肩膀終於放鬆。在2B看來大概覺得他太過鬆懈了。

無論如何，他們占上風的事實並不會改變。2B和9S幫助被夾擊的部隊脫困，逐漸削弱敵方戰力。就在戰鬥差不多該迎接尾聲時——

「9S，警戒四周，注意有沒有敵方援軍！」

到目前為止，該區域的剩餘個體減少到一定數量時，機械生物都會派出增援部隊。好不容易殲滅他們，數小時後再回到同樣的地方，就會發現跟之前一樣多的敵人大搖大擺走在路上。

不過，這也要網路有發揮功能才辦得到。9S認為如今機械生物派出援軍的可能性很低，但他還是移動到能環視周遭的高處。提高戒心不會有壞處，而且他也有那個餘力。

他爬上快要崩塌的大樓，確認有無敵人。毫不間斷地在上空飛來飛去的砲彈，害他看不太清楚，可是跟開戰時比起來，敵人少了很多……

異變就是在這個時候發生。

『這個聲音是？』

通訊機傳出2B的呢喃聲。9S不知道那個「聲音」是指什麼，或許是因為聲音來源離樓頂太遠，但他有股強烈的不祥預感。

從這個地方能分析嗎？他邊想邊望向地面。只見2B她們包圍了剩下幾具機械生物，機械們突然不自然地停止動作。

「2B，妳說的聲音是？」

球體頭部同時上升。不規則閃爍的光，隔這麼遠都看得出他們在放電。

「2B！」

9S透過通訊機聽見2B的呻吟聲。她們按著頭跪到地上，是EMP攻擊，而且還是在極近距離發動的。

他抓住輔助機的手臂跳下去，一面滑翔一面掌握狀況。數具小型的雙足步行型，9S知道他們之中也有會發動EMP攻擊的個體，只不過報告數量不多，他自己也沒遇過。

「輔助機！發動遠距離射擊！」

輔助機用機槍掃蕩持續放電的個體，9S衝到倒在地上的2B身旁。

「沒事吧!?」

2B搖著頭站起來。她似乎受到頗大的傷害，無法站直。

「太……大意了。必須重新啟動……」

「知道了。我來支援！」

不巧的是，敵方援軍從上空降落。這麼多的數量，一個人應付不來，可是不重新啟動的話，連逃都沒辦法逃。得想辦法爭取這段時間。

9S對附近的敵人射出小型劍。這時，眼前突然亂成一片，細微的破損正在侵蝕視線範圍。

「視覺迷彩!?」

機械生物什麼時候學會這種技術？迷彩或匿蹤之類的技術，不是屬於人造人的嗎？

「到底怎麼回事？」

不，現在沒時間混亂了。視覺機能沒有問題，單純只是比較看不清敵人。

「2B由我來保護。」

9S衝向跟影子一樣在視野中搖晃的敵人。

他只是隨便亂揮劍而已，不知不覺就破壞了幾具機械生物，也許是這樣反而增加了攻擊力。經過一段時間，2B重新啟動，幫忙解決剩下的敵人。

視覺在殲滅敵人的同時恢復正常。9S再次環顧周遭，沒有敵人。其他隊員好像也重新啟動了，接連站起來。她們有點站不穩，大概是還沒完全恢復。

突然，2B的身體失去平衡。四周的隊員再度紛紛倒地，旁邊的輔助機響起警報聲。

「大範圍病毒!?」

9S自己沒有感染的徵兆。意思是，病毒是在9S不在場時——發動EMP攻擊的前後擴散、活性化的。

他衝到痛苦得猛抓胸口的2B身邊。大範圍病毒感染力雖然高，卻不難除去。9S駭進2B，發現病毒類型跟以往的一樣。

這種類型注射疫苗就能應對。想幫這麼多名隊員除去病毒，比起一個個駭進去，用疫苗應該比較快……

9S從駭客模式回到義體，2B搖搖晃晃地試圖站起來。

「2B，別勉強。」

「嗯。」

她的呼吸很亂。EMP攻擊造成的傷害尚未恢復就遭到病毒感染，肯定對義體造成相當大的負擔。

所幸附近沒有敵人。9S心想「得在2B休息的期間，為其他隊員注射疫苗」……就在這時。

隊員們從四面八方傳來的呻吟聲停止了，取而代之的是高亢的笑聲。

「怎麼了？」

2B立刻站到9S背後。光憑這個動作就看得出，她判斷這個狀況極度危險。倒在地上呻吟的隊員們站了起來，大笑著同時抬頭。兩眼都是紅色。是病毒汙染的典型症狀——才剛這麼想，她們已經往兩人身上砍過來。

「被控制了!?」

奇怪。喪失自我，對我方發動攻擊，是感染邏輯病毒的末期症狀。他剛才駭進2B調查過，照理說這個病毒不是汙染速度這麼快的類型。

「難道是新型!?」

現在的狀況沒時間給他思考。9S閃過寄葉隊員揮下的劍，拉開距離。

「什麼!?」

準備反擊的2B驚呼出聲。劍停住了，攻擊機能沒有正常運作。

「是寄葉部隊的識別訊號！」

為了避免混戰時攻擊到同伴，她們無法攻擊發出寄葉型特有的識別訊號的個體。被汙染的隊員們毫不留情地攻擊，八成是識別機能已經失效。

「2B，這邊！」

他們衝進一棟看起來快要倒塌的大樓，這樣下去只會一直被壓著打。

「我駭進去破壞妳的識別迴路！輔助機，支援我！」

9S讓兩臺輔助機阻擋隊員們，再次駭進2B，切斷識別迴路。

回到義體的同時，他看見2B揮下軍刀。9S立刻遠離2B，現在2B也無法偵測到9S的識別訊號。與其說是避免遭到波及，這麼做更是為了讓2B戰鬥時可以不用擔心傷到他。

「輔助機！」

9S大叫。

「聯絡司令部！」

他想趁2B戰鬥的時候掌握狀況。會發動EMP攻擊的特殊小型兵器、快到不像大範圍病毒的汙染速度。事態並不尋常，從衛星軌道上說不定能分析出這場異變的源頭及原因。然而……

「報告：無法聯繫。偵測到機械生物的干擾電波。」

「在哪裡!?發出干擾電波的那傢伙在哪!?」

153著手調查干擾電波的源頭。

「報告：偵測出干擾電波的源頭。已標記在地圖上。」

是敵方大型個體的反應。地點離這邊不遠，9S透過通訊機呼喚2B。近距離通訊沒有受到干擾，2B用清晰的聲音應答。

『9S？』

「我現在去摧毀發出干擾電波的個體！」

『知道了。我處理完這邊也會過去。』

2B雖然輕描淡寫地說出「處理完這邊」，要跟這麼多名寄葉隊員——而且還是B型機種為敵，照理說並不容易。

結束通訊後，9S奔向陷落地帶的中心。那裡有發出干擾電波的大型敵人，他想在2B結束戰鬥前阻止他。

到頭來，摧毀那架機械生物的還是2B。9S也再三駭進他的系統，妨礙運動機能、炸毀特定部位，一步步破壞他，但2B在此之前就結束戰鬥，趕了過來。

2B一擊讓大型兵器徹底沉默。干擾電波當然也停止了，照理說這樣就能正常通訊。

2B命令輔助機042聯絡司令部。這樣就能知道目前情況，況且失去那麼多寄葉機體，搞不好汙染也還在繼續擴散，必須盡快報告司令部。

「輔助機！」

2B焦急地催促遲遲不打開通訊畫面的042。

「通訊中斷。無法連接司令部。」

「可惡！又是干擾電波嗎！」

「否定：通訊環境良好。」

怎麼會這樣？9S與2B面面相覷。而且，042接下來的說明完全出乎意料。

「通訊中斷的原因為連接認證失敗。當前，司令部的通訊機能完全停止。」

「地堡到底發生什麼事了……」

司令部的通訊機能停止，代表不是單純的通訊障礙。地上的部隊被孤立了，跟從網路分離出來的機械生物一樣。不久前他們才在想「殲滅有如一盤散沙的敵人毫不費力」，沒想到竟會落得同樣的處境。

不過，他們沒那個心力繼續思考。

「報告：大量敵性寄葉機體接近。」

敵性寄葉機體。自然是指被病毒汙染的隊員，而且……還是大量。

9S抬起頭，身穿黑色戰鬥服的隊員們包圍了陷落地帶。這麼多的數量，他實在不覺得兩個人就能應付，如果都是B型也就算了。

『像你這樣的掃描型機種不適合戰鬥。』

通訊官210說過的話浮現腦海。沒錯，要打近身戰的話，S型只會礙手礙腳……

雙眼發出紅光的隊員們從斜坡上滑下來，包圍網一口氣縮小。2B拔出軍刀，進入備戰狀態。

有沒有辦法向地堡求救？對了，地堡有個緊急狀況時用的後門，入侵那裡，透過伺服器聯繫通訊官小姐……不行，這樣來不及，他不覺得他們撐得到救援部隊前來。

不，其實根本沒必要求救吧？

「輔助機，你剛才說通訊環境良好對不對？」

肯定──153回答。陷落地帶附近的通訊頻寬，應該可以一口氣傳輸大量資料，所以發出干擾電波的大型兵器才選擇這個地方。

「用黑盒反應直接炸掉這邊。」

2B愣了一下，9S急忙說明。

「地堡有緊急時用的後門，只要從那裡上傳我們的個人資料就好。」

捨棄義體，回到地堡。9S自己雖然不記得，但他聽說他們用這個做法殲滅了多數超大型兵器。

「知道了。」

隊員們幾乎在2B回答的瞬間一口氣襲向兩人，9S也在同時開始上傳資料。他閃過來自四面八方的斬擊，專注於防禦上。上傳資料時沒辦法用S型最拿手的駭客技術應戰。再說敵人這麼多，就算沒在上傳資料，想必也無法駭進去。

「9S！還沒好嗎⁉」

從2B的語氣聽得出她很著急。資料上傳率剛超過70％，雖說通訊環境良好，這些資料實在太大了。

「快了！92％！」

9S感覺到背後傳來灼燒般的痛楚。被砍中了，但他毫不在意。這具義體數秒後就沒用了。

「2B！把黑盒拿出來！」

紀錄資料上傳完畢。9S拿出黑盒，衝向2B身邊。

「9S！」

他看見2B拿出黑盒，接著眼前劇烈搖晃。隊員們將他壓制在地上。

9S聽見有什麼東西被折斷的聲音。他沒有理會，伸長拿著黑盒的手。看見2B的黑盒了，還差一點。可是，2B也被隊員們壓倒在地。

身體各個地方都被壓爛、折斷。他已經連哪個部位受損、哪個部位疼痛都無法分辨。手不停發抖，2B的黑盒逐漸接近。

白光刺進眼睛。反正這一幕馬上就會忘記……

＊

睜開眼睛，映入眼簾的是房間的天花板。9S只記得拿出黑盒時的記憶，不過既然他現在在地堡，就表示成功了。

9S從床上跳起來，來到走道上。輔助機已經在外待命，在工廠廢墟用黑盒殲滅大型兵器時，由於通訊頻寬太窄，沒辦法連輔助機的程式都傳送過來。這次除了兩人份的個人資料，連153和042的程式都同時上傳了，雖然也是因為輔助機用的程式容量並不大。

9S趕往2B的房間。他有點擔心2B是否平安回到義體了，畢竟剛才的情況十分異常，地堡的通訊機能完全沉默。

結果是他杞人憂天。9S準備敲門的瞬間，房門剛好打開，2B從裡面衝出來。

「得向司令部報告。」

2B一扔下這句話就飛奔而出。9S也追在後面，得快點才行。說不定司令室正警鈴大作，陷入恐慌狀態……

然而，事情完全出乎意料。司令部很安靜。照理說應該要因為通訊中斷，變得一片漆黑的螢幕，正映照出地上的模樣。映照出寄葉部隊極其理所當然地在跟機械生物交戰的畫面。

「這是……？」

不對。地上的眾多寄葉部隊隊員受到病毒感染，失去自我，戰線崩壞了。司令官卻接連對那些隊員和地上的部隊下達指示，通訊官們默默操作機器。沒人懷疑螢幕中的畫面。

「司令官！」

「2B？還有9S。」

司令官訝異地轉過頭。

「你們到底在做什麼？」

「地上的寄葉部隊被病毒控制了！我們用黑盒反應阻止失控的寄葉部隊……」

9S話只講到一半。並非自願的，是被氣勢震懾到說不出話來。因為司令官正狠狠瞪著他。

「病毒？你在說什麼？地上並沒有傳來這樣的報告。」

「那是偽裝！」

螢幕映出不可能發生的情景。萬一司令官以為這是真的，該怎麼樣才能說服她？

「當前地堡的通訊已經被封鎖……」
「說起來，你們為何沒接到命令還從戰場回來？」
司令官目光冰冷。9S開始覺得，是不是說什麼她都不會相信？這時，一直保持沉默的2B大叫：
「就說寄葉部隊失控了！」
司令官輕輕倒抽一口氣，大概是被2B的氣勢嚇到。她懷疑地凝視2B與9S，然後說出令人難以置信的話。
「被汙染的是你們兩個吧。」
「不是的！」
為什麼不願意相信？地上跟地堡都處於極度危險的狀態，為什麼沒發現？
可惜，9S的吶喊沒有傳達到。
「2B、9S，我以被病毒汙染的嫌疑拘捕你們。」
「請等一下！」
全副武裝的隊員們不由分說地拿槍對著兩人。明明此時此刻，遭到汙染的寄葉隊員也還在地上互相殘殺。
9S絕望地盯著槍口。槍口晃了一下，隊員們發出呻吟聲彎下腰。手中的槍掉到地上。

「這，難道是……」

不曉得從哪裡傳來笑聲。通訊官6O口中，傳出戲謔的聲音。

「答對囉──」

跪到地上的隊員們紛紛起身抬頭，雙眼染成紅色。

「汙染!?」

不只全副武裝的隊員。司令室的通訊官們眼睛也變成紅色。「為什麼」的疑惑和「果然如此」的確信，在9S腦中交錯。

「連地堡都被病毒入侵了嗎……」

他早就知道了，從看見螢幕畫面的那一刻起。

「這個也答對囉──!」

「通訊官小姐……」

「不對。」

2B的聲音彷彿是硬從喉嚨擠出來的。

「9S，那是……」

「沒錯。我們是機械生物。」

外表是通訊官6O的「那東西」高興地笑著。

「我們透過網路和病毒與你們對話。」

透過病毒？這種事有可能嗎？

「雖然你們讓我們玩得挺愉快的，這座基地已經完蛋囉。」

6O與其他通訊官和裝備武器的隊員們，發出「啊哈哈哈」的刺耳笑聲襲來。

「司令官！先撤退！」

2B對9S使了個眼色。9S點點頭。得保護好司令官，逃出這裡。

在2B跟隊員們交戰的期間，9S帶司令官來到走道上。好開心喔好開心喔——6O的聲音從身後追來。她說「我們事先放進來的病毒大豐收耶」。

事先放進來，意思是機械生物早就侵入地堡了。那種有人在盯著自己的不快感。之前他怎麼查都查不出罪魁禍首，所以一直放著沒管，看來八成是機械生物。

走道上的隊員全被汙染了，9S不得不一個個殺死不久前還深信他們是夥伴的隊員們。

「為什麼你們兩個沒被汙染？」

「恐怕是因為我沒有同步資料。之前我想同步資料的時候發現異常的雜訊，就先暫停上傳資料……」

那不是他想太多。微弱到無法判斷究竟是否存在的雜訊，是病毒化的機械生物。假如他當時察覺到異變，除去病毒，是不是就不會失去這麼多同胞？

「我潛入主要伺服器調查，那個時候……」

不，不可能。要怎麼除去偵測不出來的病毒？

「是嗎。原來如此……」

司令官喃喃說道。她也知道9S擅自入侵主要伺服器。2B一面砍殺襲擊而來的隊員，一面大叫：

「司令官！基地已經沒救了。必須逃出這裡！」

不曉得從哪裡傳來爆炸聲，地堡從內部遭到破壞。

「傳送裝置被汙染了。去機庫用飛行裝置逃出去吧。」

若是平常，機庫離這裡不過是幾步路的距離。然而現在不同。抵達機庫的路途中，究竟得殺掉幾名同伴才行？

有人完全被控制住，有人還保有些許意識，也有人不停重複「願人類榮耀長存」，拿機槍亂射。9S他們將所有人斬殺、擊殺，於走道上前進。

終於抵達機庫門前了。爆炸聲再度響起，比剛才的還大。地板宛如掀起波浪似的劇烈晃動。

「司令官，快點！」

2B抓住司令官的手，司令官緩慢卻用力地撥開它。

「我不能走。」

司令官抬起低著的頭，雙眼已經染成紅色。

「因為……我也把資料跟伺服器同步了。」

「這樣的話，讓9S把病毒——」

司令官打斷2B說話。

「沒那個時間了！」

語氣十分堅定。

「你們兩個是最後的寄葉部隊！有義務活下去！」

「司令官……」

「而且，我是這座基地的司令官。讓我直到最後都維持上司的風範吧。」

「可是——」

在2B還想說些什麼的瞬間，更加激烈的爆炸聲響徹地堡。從地板衝上來的震動，使身體不受控制地倒向一邊。

「2B！基地已經……！」

撐不下去了，9S抓住2B的手。

「司令！」

即使如此，2B仍然繼續看著司令官。9S從來沒看過她如此無助的眼神，她知道2B對司令官抱持完全的信賴，不過，他並不知道理由。現在他懂了，那是他不能知道的理由。

但是，正如2B想拯救司令官，9S也想拯救2B。無論如何都想保護2B，所以。

「走吧，2B！」

9S將2B往後拽，司令官也在同時用力一推——把2B推進機庫。

「快走！」

機庫關上門的瞬間，9S看見司令官用脣語呼喚2B。他不知道2B這時帶著什麼樣的表情。

「2B，快點！」

9S放開2B的手，他明白可以不用再抓著她了。

「知道了。」

2B低聲回答。兩人搭上飛行裝置，打開射出口，飛向冰冷的黑暗。將速度開到最大的瞬間，身後變得跟白天一樣亮。地堡爆炸了。

兩人依然繼續飛行。避開散落各處的地堡殘骸，朝地上前進。你們有義務活下去——司令官的這句話不斷於腦中徘徊。

掉進大氣層的殘骸燃燒起來，閃耀光芒。9S心想，好像遊樂園廢墟放的煙火。

那一天，2B興味盎然地看著射向空中的資材貨櫃。他們再也不會看到同樣的畫面。

寄葉部隊的基地、9S他們的居所——地堡，轉眼間就爆炸了，然後，轉眼間就消失了。

穿過大氣層後，兩人飛向廢墟都市。雖然那裡可能還有遭到汙染的寄葉隊員，他們也沒其他地方可去。

不如說，殲滅殘存的敵人是倖存者的義務吧。放著他們不管的話，抵抗軍也會有危險。

就在這時。輔助機的聲音傳入耳中，座標資料畫面也跟著顯示出來。

「警告：偵測到多數追蹤反應。」

「敵人!?」

都忘記了。地上還有機械生物，空中應該也有。本以為消滅亞當和夏娃，機械的網路也會跟著崩壞，事實卻並非如此。侵入地堡的機械生物說「我們透過網路和病毒與你們對話」……

『不對！』

通訊機傳來2B近似慘叫的吶喊聲。

『這個反應是……』

不用說也知道。從後面追過來的機體顯示為綠色，是寄葉部隊。當然不是來救他們的。

將資料與伺服器同步是寄葉隊員的義務。2B和9S能免於被病毒感染，是因為9S怠忽職守，這個理由絕不值得稱讚。

因此，大部分的隊員都被病毒汙染了。搞不好除了他們，其他隊員無人倖免。

『你還沒上傳戰鬥資料，所以我們掃描型機種統統無法更新。』

若11S說的是事實，表示9S以外的掃描型機種都同步好資料了……

受汙染的寄葉隊員的飛行裝置同時發動攻擊。9S立刻開啟匿蹤機能，可是面對這麼多敵人，開啟匿蹤機能也只能求一時的寬慰。受汙染的隊員們毫不擔心攻擊到同伴。每架機體都朝四面八方猛射子彈、飛彈。

9S感覺到背部傳來彷彿被人用鐵棒敲中的衝擊。中彈了。S型不擅長戰鬥的特性，不僅限於地面。

『9S！把機體的控制權給我！』

「咦？」

『我要突破這裡。』

2B擁有穿過敵方防空系統下到地面的豐富經驗，空中戰的技巧和9S根本不能比。

「知道了。」

要同時控制兩臺機體應該會對她造成負擔，不過總比自己慢吞吞地操縱機體來得好。他不想扯2B後腿。

「輔助機。」

「了解：已將機體控制權轉移給2B。」

四肢突然變輕，因為飛行裝置造成的負擔消失了。

『已控制9S的搭乘機體。』

9S透過通訊機聽見輔助機042的聲音。

『設定自動駕駛。』

飛行裝置晃了一下。

『進入戰線空域的脫離路線。』

機體一下子往旁邊飛去。

「欸！等一下！這是……」

9S在飛行裝置中掙扎。他知道掙扎也沒用，機體控制權轉移給2B了。

『寄葉機體2B，解除匿蹤機能。』

2B機體的輪廓，在槍林彈雨中顯現出來。

「怎麼會……！2B！」

她一開始就打算拿自己當誘餌，為了讓9S逃到安全地帶。

「不可以！」

9S以為他們會一起突破重圍，才將控制權交給2B。他相信2B應該有辦法讓他們兩個都逃出去。

「不要！」

2B的飛行裝置被汙染機體包圍，砲火統統集中在她身上。

「我不希望這樣啊……！」

飛行裝置毫不理會9S的意志，不斷飛行。不久後，2B的機體和受汙染的寄葉隊員們，都消失在視線範圍外了。

Another Side "A2"

我早已習慣與寄葉型交戰。聽從上頭的命令來追擊我的二號和九號，被我擊退了好幾次。

可是跟被病毒汙染、陷入失控狀態的新型交手的機會倒不多。除此之外，突然出現這麼多寄葉型包圍我的狀況也不常見，異常的事態令我有些困惑。

不過，管他有沒有被汙染、數量多不多，要做的事都一樣。地上已經沒有我的同伴，所以我遇到寄葉型就會直接破壞。一直以來都是這麼做。

因此，我非常驚訝竟然會有遇到寄葉型還不用交戰的時候。

「到此為止……了嗎。」

在我和受汙染的寄葉隊員戰鬥時，長得跟我一樣的寄葉型出現了。我不是第一次見到她。因為之前一見面我們就打了起來，本以為這次也一樣，解決完受汙染的隊員後，我們卻沒有開戰。

她也感染了邏輯病毒，拿下眼帶後露出的雙眼呈現紅色。

「這是，我的記憶。」

她將軍刀刺進地面。我不懂她在說什麼，簡單地說就是沒打算跟我打吧。病毒汙染看起來相當嚴重，不過她依然保有自我。

「大家就……未來就……拜託妳了。A2。」

上次見到這架二號，是在森林城堡。和其他的二號一樣，是曾經交手過的對象，她卻有事拜託我。好死不死，偏偏拜託身為敵人的我。我沒道理答應，卻無法拒絕。

我親手殺過許多被病毒汙染的同伴。聽見她說出跟同伴們一樣的話，怎麼可能拒絕得了。她明明不知道我過去發生的事，拚命擠出聲音的模樣，竟然跟我最後殺掉的同伴如出一轍。

我回答「知道了」，她便露出打從心底鬆了一口氣的表情。

拔出她的軍刀後，我明白「我的記憶」是怎麼一回事了。現在配給寄葉部隊的武器，可以用來保存記憶，不過舊型的我在前線作戰的時候，這個機能還沒實裝。

我知道他們在開發具備這種功能的武器。聽說是基於「人類的記憶不只儲存在腦內」這個想法設計的。不只武器，當時也在開發擁有記憶功能的衣服和鞋子。人類在各個地方留下記錄。尤其是私人記錄，他們似乎不只會寫在紙上，還會寫在桌上、家裡的牆壁上，甚至自己的手掌上。

總而言之，開發部賦予武器能夠保存使用者記憶的機能。實際接觸到後，我覺得這功能還不賴。

我看見她看過的景色。聽見她聽過的聲音，感受到她感受過的痛苦。武器沒有連她自己的想法及感情都紀錄進去，只是將事實如實紀錄而已。所以，我不知道經歷那些事的時候，她是怎麼想的。

我在她的記憶中發現懷念的名字。安妮莫寧，曾經與我共同作戰的抵抗軍。她還活著。感謝她帶來這個情報，我想實現她的願望報答她。

地堡淪陷，失控的同伴集中攻擊他們，為了讓９Ｓ逃走，她拿自己當誘餌，墜落到沉沒都市，自己也感染病毒，在耗盡力量前遇見我。我接受了……她的記憶及願望。

「啊啊，奈茲……」

那是她最後的一句話。她回頭望向呼喚自己的人，露出微笑，死了。

我用從她體內拔出的刀砍斷頭髮。做為接受她託付給我的東西的證明，做為對擁有同樣容貌的死者的餞別禮。

現在開始，以跟她相同的模樣活下去吧。我能做的也只有這些。

突然，四周開始劇烈震動。下一刻，大地龜裂，某種巨大物體破壞了我們所在的這一帶。

我看見沙塵中冒出純白的東西。那東西無止盡地朝天空延伸。可是，我無法判斷那是什麼。

9S拿著劍衝向我跟2B的屍體，與斷橋及瓦礫一同掉向谷底。

第八章

第八章

NieR:Automata 長話

9S的故事／巡禮

他作了夢。不想作的夢。異常鮮明、令人不快的……現實的記憶。

9S被迫脫離戰線後，飛行裝置降落在廢墟都市。應該是因為他們用黑盒反應將受汙染的寄葉隊員跟機械生物一掃而空，飛行裝置判斷這裡是敵性反應最薄弱、最不危險的地區。

「搜尋2B的黑盒訊號！」

這是降落在地面上後，9S對輔助機下的第一個命令。2B的目的是自己負責當誘餌，讓9S逃到安全的地方。既然如此，9S的飛行裝置飛走後，2B應該也會試圖逃離……前提是她沒被擊墜。

「報告：偵測到2B的黑盒訊號。」

「地點是!?快給我座標！」

然而，輔助機沒有開啟地圖畫面。

「警告：偵測到大型震動。地下構造似乎變得相當不穩定，可能會發生大規模地震。」

那又怎麼樣？9S焦躁不已。

「座標資料呢!?」

「建議：盡快離開。」

「我怎麼可能離開！」

2B的位置終於顯示在地圖上。在商業設施遺跡，太好了。很近。9S飛奔而出，他跑過淺灘，撥開雜草，即使被瓦礫絆到腳，仍然繼續狂奔。地面在搖晃，彷彿要證明輔助機的預測。他不予理會。

9S度過架在深谷間的吊橋，2B就在前面。

「找到了！2B！」

熟悉的識別訊號，以及熟悉的背影。只不過，2B不是一個人。她跟其他人在一起。

「2B，沒事……」

9S瞬間僵住。2B背後有東西。鮮紅色的、尖銳的……

「2B！」

「啊啊……」

2B回過頭，胸口被利刃刺穿。

「怎麼會……2B……怎麼會……」

2B向後倒去。旁邊是拿著鮮血淋漓的軍刀的A2。2B倒在地上，一動也不動。偵測不到黑盒訊號。

「嗚啊啊啊啊啊啊啊！」

她殺了2B。那個舊型寄葉型，A2。

喉嚨劇烈顫抖。殺了妳，吊橋用力搖晃。殺了妳，殺了妳。殺了妳……！

9S感覺到身體向下墜落。A2消失在視線範圍內，身體撞上地面。眼前一片漆黑。

夢境唐突地結束，黑暗消失。逐漸亮起來的視野中，出現模糊的紅影。

「啊，他好像醒了，迪瓦菈。」

又冒出一個紅影。兩顆紅色的頭。9S心想「對喔，有一對紅髮的人造人」。

「早安。睡得很香嘛，9S。」

「你睡了兩個禮拜喔？」

這個聲音。他想起來了，是迪瓦菈和波波菈。在抵抗軍營處理雜務的雙胞胎人造人。今天她們沒紮繃帶啊——9S用意識模糊的大腦想著。這兩個人身上一直在增加新的傷口，到處用繃帶包紮住，或是貼著OK繃。

「是我發現你的，感謝我吧？」

語氣帶著一絲調侃的是迪瓦菈。2B說他被亞當擄走的時候，2B就是用迪瓦菈製造的特殊掃描器找到他的。2B……

9S覺得自己又要被拉回惡夢中。那是夢，一場惡夢。他從床上坐起身。

「2B呢？」

波波菈默默垂下視線。迪瓦菈臉上的淘氣神情瞬間消失，轉為憂鬱。

「你應該比我們更清楚吧？」

這裡不是夢中，是現實的抵抗軍營。

「黑盒訊號也……中斷了。」

「……是嗎。」

那不是夢。2B被A2殺了。地堡已經陷落，沒有備用的義體，也沒有自我資料的備份檔。該回歸的身體，該回歸的記憶……都不復存在。

這就是死亡？他不是很懂。腦袋不太清楚。彷彿大腦有什麼缺陷，眼前的景色跟記憶對不上。無法徹底理解別人說的話。

在感覺並不屬於自己的視野中，輔助機從旁邊冒出來。

「迪瓦菈、波波菈型的人造人，是擅長治療、維修的稀有機種。如今失去了地堡，若沒有她們，推測9S的修理、補修工作將難以進行。」

9S聽得一頭霧水。

「建議：感謝的話語。」

噢，說得也是。

「……謝謝。」

真的嗎？他真的感謝她們嗎？９Ｓ不知道。一切都變得沒有確定性，模糊不清。

「以前有很多我們這種類型的人造人。」

迪瓦菈邊說邊將９Ｓ的眼帶遞給他。他之所以看什麼東西都缺乏真實感，說不定是因為沒戴眼帶。

「好像負責管理大規模系統。」

……不行。戴上眼帶也沒用。照理說抵抗軍營的景色他應該很熟悉，現在看起來還是沒有色彩。

「『好像』是什麼意思？」

９Ｓ掩飾住自己的失望，機械性地詢問。

「當時的記錄刪掉了，所以我們不知道發生過什麼事。我們這個機種……曾經失控、引發意外過。那起意外後，同型機幾乎都被處理掉了。」

明明有在聽人說話，也理解這番話的意思，卻沒有傳達到它該傳達的地方——９Ｓ有這種感覺。不過，他很慶幸自己可以不用回話。

「沒處理掉我們……」

這次換成波波菈開口。

「是為了把我們當成樣本監視，以免再度失控。」

意外、失控、監視。換成以前的自己，肯定會好奇得不得了，追根究柢。

『過度的好奇心並不好。』

他聽見2B的聲音。清清楚楚，非常有真實感。

「可是多虧如此，我們才能像這樣幫助同伴。我們認為，那就是贖罪的方式。」

迪瓦菈的聲音聽起來很遙遠。明明她近在眼前，奇怪。不可能在這裡的2B的聲音，聽起來竟然比身在此處的迪瓦菈和波波菈的聲音更加清晰。

自己現在在哪裡呢？腳下這塊大地是真實存在的嗎？

「9S，別太勉強自己。」

9S聽見波波菈的聲音從後面傳來，發現自己無意識間站了起來，走向軍營外面。

＊

「這是……什麼？」

一來到軍營外，9S就茫然盯著那個東西。陷落地帶半棟建築物都沒有，所以本來應該會看見廣闊無垠的天空。

不過，形狀詭異、巨大，看起來像伸向天際的白色管子的「某物」，占據了天空。

「從地下空間出現的巨大結構。」

輔助機似乎將他的自言自語視為疑問，回答道。

「疑似出自於機械生物之手，但詳情不明。」

「機械……生物……」

入侵主要伺服器，害寄葉隊員感染病毒，導致地堡淪陷的元凶。

9S奔向陷落地帶。他要破壞掉那東西。雖然破壞2B的是A2，但是機械生物害她迎接明確的死亡。要是有備用的義體和自我資料的備份檔，2B就能回來……

「我昏睡的這兩個禮拜間，發生了什麼事？」

他邊跑邊問輔助機。剛才波波菈說「你睡了兩個禮拜喔」，從這點就能推測損傷之嚴重。只不過，9S的記憶只停留在他氣得對A2怒吼那邊。

「報告：巨大建築物出現，引發大規模地震。9S被捲入地盤陷落中，跌至谷底，義體及系統受損。」

「谷底？迪瓦菈跑到那種地方？」

「推測：為了蒐集只有該區域存在的素材。」

聽說迪瓦菈和波波菈接下的「雜務」，有的伴隨危險，有的要前去遠方，全是沒人想做的工作。

『我們認為，那就是贖罪的方式。』

她們所說的「罪」，大概是指過去引發的失控意外，不過就9S看來，她們太自責了。她們犯下的罪有嚴重到這個地步嗎？其他人造人看起來對她們很冷淡，也不是他想太多？

然而，就算知道這些，9S也無法為她們做些什麼。即使懲罰和罪的重量不成比例，既然這是她們的希望，做什麼都是多管閒事吧。

「那A2呢？」

9S現在最想讓那個人贖罪，她的行蹤是他最渴望的情報。

「現在位置、生死皆不明。」

「知道了。」

A2是生是死都符合9S的期望，也都不符合9S的期望。一方面希望她死了最好，一方面又希望她活著。「生死不明」這種籠統的事實，彷彿看穿了他相互矛盾的願望。

9S感覺到嘴邊的異樣感。他的嘴角掛著笑容，沒什麼好笑卻在笑。可是，9S覺得這非常自然。

*

出現在陷落地帶的巨大結構不只一座。中央有座高得像要刺進天空的結構，周圍則是三座沒有那麼高的。圓錐形建築物有如從地上長出的角。

9S從滿是瓦礫的坡道跑下去，來到中央的巨大結構前。圓錐形的那三座他無視了，因為高度差距肯定象徵了重要度的差距。

「於巨大結構中央往地上延伸的部分，發現移動結構。」

「移動？升降機嗎。」

「肯定。」

特地設置升降機，表示這是以在內部移動為前提的設施。到底是用來做什麼的？這個疑問還沒浮現腦海就消失了。反正最後都會被他破壞掉，知道用途有何意義？

只不過，事情沒那麼簡單。雖然他早有預料，建築物被周圍的防護罩保護著。既然物理攻擊無效，就駭進去破壞吧——結果又被輕而易舉地擋下。從不明地點傳來神祕的聲音，宛如在嘲笑白費工夫的9S。

『您好！這裡是「塔」的服務系統。』

有點口齒不清的聲音，讓人想到目中無人的小孩。音調也比成年女性高。這麼說來，以前在開發部聽過「少女」和「少年・變聲期前」的聲音樣本，感覺很類似。

『非常抱歉。要進入「塔」的主要單位，需要解鎖副單位。不好意思給您造成麻煩，請見諒。』

中央的巨大建築物是「主要單位」，周圍的圓錐型建築物則是「副單位」的樣子。

「疑問：機械生物進行這種廣播的理由。」

「他們的行為沒有理由。」

9S覺得這麼做很蠢，但是既然不能憑蠻力解決，只能照人家的規矩走。9S拔出劍，用力砍向所謂的「副單位」。劍被強力的電流彈飛。

『您好！這裡是「塔」的服務系統。要進入「塔」的副單位，需要「通行認證鑰匙」。不好意思，無法允許您通過。』

語氣聽起來很雀躍。令他想到在地堡控制住60的機械生物說的「好開心喔好開心喔」……

『相對的，這次將提供初次光臨的來賓特別服務，招待您至「資源回收單位」一遊！』

這個瞬間，９Ｓ感覺到雜訊。不是從通訊機，也不是從螢幕，而是腦內被粗糙物體輕撫過的不快感。

『期待您再度光臨。』

「剛剛那是……」

９Ｓ下意識按住太陽穴。

「敵方系統的強制通訊。通知名為『資源回收單位』的物體之位置。」

輔助機將地點標記出來。同樣的畫面也顯示在９Ｓ的眼帶上，似乎得去那裡拿到「通行認證鑰匙」，再進入「副單位」解鎖，才能進入「主要單位」。

「搞什麼鬼……」

被迫陪機械生物演這麼一場鬧劇，使９Ｓ怒火中燒，可是既然沒有從外部破壞的手段，除了侵入內部外別無他法。９Ｓ深深嘆了口氣。

「總之，先去森林王國吧。」

那個名字聽起來莫名實用的資源回收單位就在那裡。９Ｓ想先把準備工作做完，以破壞位在陷落地帶的「塔」。

「建議：與抵抗軍部隊會合，以及重新檢查命令系統。」

「命令？那不重要。」

殲滅機械生物，殺了Ａ２。這是他自己決定要做的事，沒人命令他。

＊

9S經過商業設施遺跡，進入森林地帶。不久前，他才跟2B一起來過這裡。不久前，他才跟2B一起在這邊閒聊。

『對了，地球恢復和平後，我們一起去買東西吧。幫妳買一件適合的T恤。』

『T恤？』

『咦？妳不要嗎？』

『沒有……等到那一天來臨，找時間去吧。』

『真的!?約好了喔！』

『嗯。』

他不是認真的。2B大概也不是。因為他從沒想過會有戰爭結束、地球恢復和平的那一天。只不過，他有點期待，要是真有這麼一天就好了。如果人類回到地面，重建商業設施；人類跟人造人一起生活，一起走在街上……光想像就興奮不已。

如果幫她選奇怪圖案的T恤，2B會生氣嗎？會露出不知所措的表情嗎？還是……會對他展露笑容？總有一天，他想讓2B笑。想看抱著肚子笑出聲來的2

Ｂ。

然而，人類永遠不會回到地面。２Ｂ也死了。寄葉部隊崩壞，就算這樣，戰爭仍在持續。什麼都沒變，什麼都變了……

９Ｓ用輔助機的射擊摧毀從旁邊衝出來的機械，是「森林王國」的餘黨。

「為國王報仇……！」

其他機械從樹木間襲向９Ｓ。殺掉國王的不是９Ｓ，是Ａ２，不過對他們而言大概根本沒差。

「殺了你！」

９Ｓ駭進糾纏不清的機械，炸掉他的身體。

「殺了你？這是我要說的。」

區區的機械——９Ｓ自言自語道。區區的機械談什麼「報仇」？笑死人了……

他上到高臺，看見疑似建築物的東西飄在空中。顏色分不清是銀色還鉛色，是棟凹凸不平的扭曲建築物。

「就是那個嗎？」

「肯定：推測該建築物為自稱『資源回收單位』。疑似在向陷落地帶的巨大結構傳送什麼。」

「『什麼』是指？」

「推測：可能是某種資源，詳情不明。」

既然叫「資源回收」單位，假如它回收資源以外的東西送出去，反而名不副實。雖然他們視為「資源」的東西，對人造人來說可能是根本稱不上資源的垃圾。

「回收起來的資源是用來幹麼的？」

「不明。」

他不是真的想知道，所以不明也沒關係。反正破壞掉就對了。

對了，以前自己對機械生物很有興趣。他們可是只會破壞的東西，為什麼會想了解他們？真搞不懂。明明是自己的想法。

走到資源回收單位旁邊時，不知道從哪裡傳來廣播聲。跟在陷落地帶聽見的聲音一樣，分不清是少年還少女的輕浮聲音。

『敵性人造人接近。進入防衛體制。』

在空中不規則移動的資源回收單位停了下來。外牆的凹凸不平處發出聲音，開始變形。看不出必要性的變形方式，怎麼想都是在玩。

除此之外，變形後的外牆還開出一扇門。像在叫他進去似的，９Ｓ諷刺道「哪門子的防衛體制啊」。

「這是……圖形？文字？」

形狀變得像入口的那部分，正上方刻著什麼。大小大略相同，形狀卻統統不一樣，呈等間隔排列。

「回答：名為『天使文字』的舊時代特殊文字。」

9S覺得那像文字的直覺是正確的。

「該文字排列意為『肉之箱』。」

「什麼東西啊？」

「不明。」

「我知道。他們的行為沒有意義。」

無意義的戰鬥、無意義的殺戮、無意義的模仿。這行文字也只是無意義的排列吧。

9S進到內部，越來越覺得沒意義。裡面到處都配置著敵人，卻跟工廠廢墟和森林城堡一樣。打倒隨便亂擺的敵人前進，每次機械生物要他們做的都是同樣的行為。

只不過，與工廠廢墟和森林城堡不同，「肉之箱」的內部很吵。攻擊過來的機械發出異常刺耳的聲音。

「報仇……報仇仇仇仇！」

「好痛好痛好痛好痛好痛好痛」

「死……會死嗎……不要」

「好痛苦好痛苦……好痛苦……好痛……」

9S踢飛被輔助機射得滿身是洞的機械。

「機械怎麼可能感覺得到痛苦。」

圓筒形的殘骸從螺旋階梯掉下去。吵死了，煩死了。

「我不想死我不想死我不想死！」

怎麼每個傢伙都這樣。不能安靜點攻擊嗎？反正你們力氣又沒多大。

「好可怕好可怕好可怕好可怕」

吵死了。吵死了！吵死了！

9S想蓋過反覆不停的無意義聲音，大聲怒吼。怒吼著戰鬥，戰鬥著怒吼，前往上層。

自己在做的事與之前無異。破壞機械。就這麼簡單，為何會如此煩躁？

「吵死了！閉嘴！去死！」

為何會如此空虛？明明差別只有2B不在身旁。

不過，凡事都有終結，建築物內的戰鬥也有結束的一刻。9S抵達屋頂。

或許是因為他一直待在陰暗的建築物內，陽光顯得異常刺眼。他瞇眼環顧四周，看見有東西被從建築物內部吸上來，射向上空。

「那是……機械生物的零件？」

好幾個金屬製零件盤旋著消失在空中，朝著陷落地帶的方向。

「推測：巨大結構的資材。或是用來製造武器的資源。」

回收遭到破壞的同伴殘骸，運送到陷落地帶的巨大結構「塔」那邊。這棟建築物就是具備這種功能的設施，前提是輔助機的推測正確無誤。

這樣的話，把「通行認證鑰匙」放在這個地方有什麼意義？在收集維持巨大結構的必需品的設施裡，放置協助他人破壞巨大結構的東西。說矛盾確實矛盾……不過。

「救救我。拜託，救救我。」

是小孩子的聲音。屋頂中央有顆發光的球體，顫抖著的聲音是從那傳來的。

「那是？」

「回答：核心。控制這座設施的物品，即這座設施的頭腦。」

聲音不斷重複著「救救我」。這段期間，機械零件依然繼續射向上空。

「救救我……好可怕……救救我……」

光動一張嘴誰都會。這傢伙是機械，講出來的話是固定的，不是真的害怕、真的在求饒，只是播放出設定好的聲音。

「集中能量。近距離射擊模式，最強火力。」

輔助機變形了，9S指向核心。

「9S……」

輔助機還想說些什麼，9S卻置若罔聞。

「發射。」

輔助機射出的白光貫穿核心。地板在搖晃，衝擊波撼動整棟資源回收單位。不過震動很快就停止了，回歸寂靜。

「報告：從被破壞的核心取得通行認證鑰匙。」

用來收集維持巨大構造的必需品的設施，放著破壞巨大構造所需的物品。若要為這矛盾的行為找理由，就是「小孩子在玩遊戲」。

「區區的機械。」

9S簡短地罵了句，轉身離開。資源回收單位還有兩座，得快點去下一個地方。

＊

他不知道該先去沉沒都市還是遊樂園廢墟。猶豫過後，9S決定先前往沉沒都市，因為他判斷最好趁傳送裝置還能用的時候過去。

通往遊樂園廢墟的道路雖然被地震震斷了，卻不是只有那條路可以走，離陷落地帶也很近。沉沒都市則只能從下水道過去，老舊的下水道有崩塌的危險性。儘管有傳送裝置，現在負責維修的開發部也不在了，無法確定可以用到什麼時候。

……理由如上所述，不過，搞不好是因為他有預感。在看見那具頭部泡在淺灘裡的大破殘骸的瞬間——

「輔助機，這該不會是……」

全身上下因高溫而熔解，被無數槍彈射到變形。可是，唯有這架飛行裝置，他不可能認錯。

「肯定：從該裝置上偵測到寄葉機體2B的ID。」

2B的飛行裝置在這裡迫降，表示她經由下水道從這裡來到廢墟都市，沿著陷落地帶邊緣走，度過吊橋……抵達那個地方。

如果能更早掌握2B的所在地。如果能在2B在這裡的時候就趕過來。至少在2B過橋前——不對，在她遇見A2前……他不想再繼續想下去了。

「報告：於飛行裝置的記憶體內，發現未傳送的訊息。」

9S命令輔助機播放訊息，令人懷念的聲音傳入耳中。

『……這裡是，寄葉部隊隊員……2B。若有人聽見這通留言……希望你……幫忙傳達。如果你……遇見寄葉部隊……隊員……9S……我想，告訴他……』

不曉得是記錄媒體受損，還是當時的狀況太差，聲音突然中斷。在9S以為訊息應該就到此結束時，雜音中再度傳出聲音。

『……抱歉。要給他的訊息是……9S，與你共度的時光……對我……來說，是如同光芒……般的……回憶……謝……謝……奈……茲。』

9S僵在原地。

「訊息播放完畢。」

輔助機像在催促他般說道，9S還是一動也不動。

「2B……她叫我奈茲……」

他想聽2B親口說出那句話。不是透過參雜雜音的錄音，想聽活生生的2B親口叫他奈茲。

2B已經不在了。不存在於世界上的任何一個角落。9S被迫面對這個事實。不是由其他人，而是由2B自己的聲音告訴他。

視野模糊成一片。聲帶顫抖不已。9S心想，這是無意義的行為。他告訴自己，現在該做的事不是這個。要將機械生物殺得一隻不剩，殺掉A2。

9S起身前往資源回收單位。跑了起來，全速奔跑。早一秒也好，他想盡快破壞機械生物。

可是，用所謂的天使文字寫著「魂之箱」的設施內部鴉雀無聲。

「沒有……敵人？」

設施構造跟「肉之箱」相同，是用機械零件蓋出來的。天花板開了個通風口，用升降機移動到各個樓層的構造也一樣，只少了配置在各處的機械生物。

「這座升降機沒在運轉？噢，是叫我駭進去嗎。」

他差不多摸透敵人幼稚的做法了。不出所料，駭進去解除防禦系統後，升降機就開始運轉。

下一層也沒有敵人，只準備了駭客點，還特地做成寶箱形，一副故意放在這邊讓別人找到的樣子。真的很不正經。

而且寶箱不只是用來讓人解鎖升降機的。裡面確實裝著「寶物」，是情報。

第一個寶箱內裝著陷落地帶的「塔」的設計圖。「塔」不是一般的建築物，也不是用來捕獲人造人的陷阱，有射出口，同時也有點火功能。

「關於射出時的衝擊和負荷？意思是，那座塔是什麼東西的發射臺？」

那麼大的建築物，而且發射角度明顯不是向著地面，而是重力圈外。

「難道目標是月球？瞄準人類伺服器的……大砲？」

9S反射性看向輔助機。他希望輔助機否定這個推測。雖說人類已經滅亡，月球伺服器裡面還保存著基因情報。萬一連那都被破壞，人類的痕跡將消失殆盡。

「由於情報不足，無法否定亦無法肯定。」

「……可惡！」

其他樓層說不定有這個情報的後續，9S快步走進升降機。

可惜，對方沒有親切到特地提供他想要的情報。他渴望的東西反而絕不會給予，這就是敵人的作風。下一個寶箱正是如此。

9S一駭進系統解鎖，就出現他並不想看的情報。關於寄葉型人造人的。

「黑盒？」

做為強力動力爐的黑盒，相關情報如它的名字般一片漆黑，連隊員們自己都不清楚黑盒構造。包括負責調查任務的S型。因此，他從來沒去想過黑盒是用什麼東西做成的。

「怎麼會……!?」

說不定是假情報，用來讓他陷入混亂的。9S只想得到這個可能。

「寄葉部隊的黑盒，是用機械生物的核心做成的？」

不可能。怎麼可能會有這種事。竟然是用敵人當材料做出來的？9S用力踢飛寶箱。因此動搖就正中敵人下懷了，那個無厘頭的敵人八成就在某處欣賞他慌張的模樣。

誰會被騙啊——9S告訴自己，來到下一層。冷靜思考過後，那些全是敵方給的情報，照單全收才有問題，發射臺什麼的也可疑到了極點。

9S心想「再也不會被寶箱裡的情報操弄了」，駭進寶箱。眼前展開一片平凡無奇的白色空間。9S讓攻擊程式停止攻擊，等待防禦系統解除。

「咦？奇怪。」

這個寶箱的防備似乎比之前的更加嚴密。9S在純白的駭客空間中前進。不時會出現黑色牆壁，但毫不費力就能破壞。看來不是閉鎖系的防護罩。

「這是什麼……」

9S盯著手心。奇怪，駭客時不會意識到自己的身體，自己只是單純的圖形和記號，敵性程式也會以黑色球體或圓筒形物體的模樣呈現。這是用來迅速入侵程式、集中破壞目標物的最適化處理。

而這一刻，9S卻將自己意識成一個完整的人。理所當然有手有腳，假如有鏡子，想必會映照出跟現實一樣的臉孔。

「這個空間是？」

白色牆壁突然變成螢幕，照出好幾個影像。

「這是……我的記憶？」

訓練搭乘飛行裝置時的記憶、第一次到地上執行任務的記憶、第一次遇到機械生物的記憶、第一次遇到2B的……

「為什麼我的記憶會在這裡？為什麼那些傢伙知道這些事？」

9S快步走在白色道路上。前面有扇白色門扉，他伸手握住門把，門沒上鎖。

門後是一間大房間，大得過頭，大得不曉得邊界在何處。中央有個人影，身穿黑色衣服的……女性。

「2B？」

他衝過去確認，那當然不是2B本人，是資料。不知不覺，周圍出現無數2B的資料。

『不需要用敬稱叫我。』

『寄葉隊員禁止擁有感情。』

『不過，我不討厭你好奇心旺盛的這一點。』

『回去吧，9S。』

無疑是9S的記憶。他被敵人反過來駭進去了。本想駭進寶箱的防衛系統，卻不小心讓敵人侵入電腦內部。

房間中央突然出現黑影，是駭進來的敵人，黑影逐漸吞噬2B的資料。

「住手……！」

黑影沒有停止。神情困擾的2B、神情憤怒的2B、回過頭的2B，接連被吞噬掉。

「住手啊啊啊啊啊！」

9S撲向黑影。

「不准進入我的記憶！」

他將黑影按在地上壓制住，毫不留情地攻擊想破壞他的寶物的敵人。

「不准碰我的記憶！」

9S不知不覺握住了劍。他刺向黑影。不停地、不停地、不停地。

他跨坐在黑影上，繼續刺著。回過神時，黑影變成2B的模樣。即使如此，9S還是沒有停下手。紅色體液飛濺。

「這是……我的記憶！」

這是我的記憶。這個2B是只屬於我的東西。2B是只屬於我的……

9S將她的胸部刺得爛成一團。他不經意地看到自己的雙手，發現弄髒手的不是紅色液體，而是黑色黏稠物。他一直拿劍刺的對象不是2B，是「魂之箱」的核心。

9S站起來，然後聽見劍掉到地上的聲音。

我在做什麼？

喉嚨顫抖著，他忽然覺得很想笑。

殺掉傷害2B的傢伙。殺掉碰觸2B的傢伙。殺掉接近2B的傢伙。殺掉注視2B的傢伙。只有我可以注視2B。只有我可以接近2B。只有我可以碰觸2B。只有我可以傷害2B。只有我……

笑聲不絕於耳。9S仰著身體，不停大笑。

＊

他先從沉沒都市回了抵抗軍營一趟。近距離攻擊管理系統嚴重受損，無法繼續戰鬥。連刀都拔不出來。

一看見9S，迪瓦菈跟波波菈就發出類似慘叫的驚呼聲。他看起來似乎挺慘的。用不著輔助機說明，她們倆就找出所有受損部位，幫忙修理及調整。不愧是擅長維修的機種。

9S無視叫他去休息的迪瓦菈，離開抵抗軍營。波波菈的聲音從背後傳來。

「欸，9S。不要一個人跑去尋死。」

他只回答一句「我知道」。他並沒有想尋死。至少在殲滅機械生物、殺掉A2前，無論如何都得活下去。先死掉就不能殺掉那些傢伙了。

沒想到自己心中有這麼強烈的殺意及破壞衝動。他以為自己符合不擅長戰鬥的S型的個性，對殺戮、破壞興致缺缺。說不定只是他想這麼認為，說不定他一直用「明明你戰鬥技巧不怎麼樣」控制住自我。就像將對2B的感情壓抑在心底一樣。

2B死了，沒必要壓抑了。對2B的思慕、對2B的欲望，都可以不用掩飾。

因為再也不用擔心被2B發現。

察覺到這一點的瞬間，9S就完全壓抑不住了。一切都失去控制，他知道所有的束縛都解開了，醜陋、骯髒的東西不斷流出……

9S想著「管他的」，走向前方。他穿過下水道，穿過快要垮掉的遊樂園大門，一口氣穿過沒有半具機械的廣場。

『敵性人造人接近。進入防衛體制。』

又來了嗎——9S不屑地說。三次都聽見同樣的臺詞，真是夠了。即使知道這就是最後一座，令人不快的東西就是令人不快。

入口又有一行天使文字。多麼沒創意的敵人——9S不禁傻眼。

「輔助機，這行字的意思是？」

「回答：『神之箱』。」

「神？區區機械，少冒充這個名字。」

想到他們只不過是機械，就覺得異常憤怒。神是人類崇拜的至高存在。連人類有時候都不敢說出這個名字了，怎能容許只不過是廢鐵的機械拿來用。

將他們統統破壞，一隻不留。而且要盡量用殘忍的手段。

他侵入景色單調的內部，發現已經看到膩的機械們。這次沒有寶箱。拜其所賜，這樣就不會被無憑無據的情報耍得團團轉。

9S駭進敵人的系統中搶走控制權，讓他們互相殘殺再自爆。2B被病毒感染，被同為寄葉型的同伴圍攻，被同為寄葉型的A2殺死。他想以其人之道還治其人之身。

如果機械只有在這種時候有感情就好了。他想讓這群傢伙體驗一下被同伴攻擊的驚愕、被同伴背叛的痛苦。想看機械發自內心嚇得哀號的模樣……

「警告：過度的戰鬥行為會對機體造成龐大負擔。」

輔助機的警告彷彿在潑他冷水，煩死了。

「閉嘴！」

對機體造成負擔？那又怎麼樣？誰在乎啊。可是，輔助機這次特別纏人。

「拒絕：本支援裝置為寄葉機體9S的隨行機體。有權關心對象寄葉機體的狀態。」

這多管閒事的態度令人火大……會讓他想起什麼。

「隨你便！」

9S罵了輔助機一句，邁步而出。就算他加快腳步，就算他突然跑起來，輔助機都會緊跟在後頭。他明白輔助機就是這樣的存在，但還是覺得很煩。

9S故意發出腳步聲衝進升降機。這麼幼稚的自己，最令他感到煩躁。

放在屋頂的核心前，出現了意想不到的敵人。不是機械生物，是人造人。

「通訊官小姐……」

是擔任9S通訊官的21O。跟其他寄葉型一樣，兩眼發出紅光。只不過，外表和9S認識的21O有所差距。她全副武裝。

「通訊型機種為什麼會裝備武器？」

「確認：通訊官21O，於上次的空降作戰自願轉換成B型裝備。以21B的身分前往戰場，四小時後下落不明。」

「怎麼會……」

上次的空降作戰，是9S在地上癱瘓敵方防空系統的不久後。

『戰鬥中請盡量遠離該區域。』

『像你這樣的掃描型機種不適合戰鬥。』

21O說過的話接連浮現腦海。這段對話後的沒多久，21O就變成21B，下到地面。

9S開玩笑地問她「妳在擔心我嗎」，21O冷淡回答「因為你在戰場上也只會礙手礙腳」，但他知道，21O其實是在為他擔心。她總是這樣……

21O——不對，21B發出野獸般的吼聲砍向9S。9S迅速閃開。與此同時，心中燃起猛烈的憎惡。對於故意讓21B保護「神之箱」核心的機械生物。

侵入地堡的機械生物，肯定也偷聽到２１０跟９Ｓ的對話了。機械生物由此得知２１０是９Ｓ信賴的對象，故意將她派到這裡當他的敵人。八成是希望９Ｓ帶著糾結與煩惱戰鬥，然後落敗。八成是想笑著欣賞這副模樣。

誰會讓他們稱心如意，９Ｓ毫不留情地攻擊。

「輔助機！用最大火力支援我！」

她變更裝備後沒經過多少時間，八成也沒受多少訓練就被派到前線，照理說應該還沒習慣Ｂ型的裝備及動作。只要把握這個機會，身為Ｓ型的自己也有勝算。

「請減少……與作戰……行動無關的發言……」

從２１Ｂ口中傳出的話語，導致他差點停止揮劍。

「『是』……講一次……就夠……了。」

她只是在播放殘留於記憶區塊中的話語。不要猶豫——９Ｓ這麼告訴自己。

「求求你……殺了我……」

９Ｓ瞪大眼睛。２１Ｂ拿著劍的手在發抖。是２１０的意識讓她做出這種反應嗎？還是機械刻意引出２１０的意識？

「通訊官小姐……沒事的……沒事的！」

９Ｓ持劍向前狂奔，對機械生物的憎惡驅使他行動。

「我現在……就殺了妳！」

他聽見慘叫聲。9S已經無法分辨那是自己的慘叫，還是210的慘叫了。

Another Side 〝Ａ２〞

「早安，Ａ２。」

一睜開眼睛，長方形的盒子就跟我道早，我嚇了一跳。以為自己睡昏頭了。

不過，我對這個會說話的盒子有印象。在森林城堡遇見二號跟九號時，飄在他們旁邊的那個。而且還播放出那個噁心的聲音。你們面前的是逃兵、是危險的人造人——那個放肆的女人的聲音。

想到就不爽，所以我決定無視那個盒子。

「我是隨行支援裝置『輔助機０４２』。負責以遠距離射擊支援寄葉機體Ａ２。」

「我又沒拜託你。」

「肯定：並未受到Ａ２的委託。紀錄顯示，這個行動為前隨行對象機體２Ｂ最後的命令。」

「不需要。」

「寄葉機體Ａ２無權下達此判斷。」

我沒耐性跟輔助機爭辯，最後乾脆放著它不管。只不過，這個盒子明明是「支援裝置」，未免太沒用了。問它地震的原因和神祕結構的資料，得到的答案是「疑似機械生物引起的，但詳情不明」，問它２Ｂ的屍體和９Ｓ跑到哪裡了，得到的答案是「無法回答」。

唯一方便的大概只有射擊功能。因為我沒有遠距離攻擊的手段，有這東西的協助，能採用的戰術會比較多。只不過，「建議：對於擁有遠距離攻擊手段的本隨行支援裝置表示感謝」這種叫人感謝自己的臺詞實在很煩。

e38391e382b9e382abe383abe381a8e381aee587bae4bc9ae38184

我很生氣。殺死同伴的機械生物總會令我燃起怒火，氣到不殺光他們就不願罷休。所以，遇到那傢伙的時候，我本來也打算立刻殺了他。我叫他為殺死我的同伴一事贖罪。

「是嗎。那就沒辦法了，如果這樣可以拯救妳。」

只不過是機械，說起話來卻異常流暢的那傢伙這麼回答。他微微探出頭部，默默等待我砍下去的瞬間。我有種心神不寧的感覺。

「……妳不殺我嗎？」

那傢伙疑惑地問。我罵他囉嗦，把他趕走。叫做帕斯卡的機械對我說「謝謝妳」，飛走了。

謝謝妳？機械跟我道謝？區區的機械？

我越來越火大……對於下不了手殺掉機械的自己。

e382a2e3838de383a2e3838de381a8e5868de4bc9a

「妳是二號……原來妳還活著。」

與我重逢的安妮莫寧的反應，跟想像中一樣，露出跟我知道她還活著時一樣的表情。

我一直懷著只有自己倖存下來的內疚感活著，安妮莫寧恐怕也是如此。

安妮莫寧和我曾經共同執行任務。破壞太平洋歐胡島上的敵方伺服器——通稱空降珍珠港作戰的戰鬥。我們在那場戰鬥中失去了同伴，我們對司令部發送了好幾次求救訊號。然而，司令部完全沒有理會，同伴們一個接一個喪命。最後，我失去寄葉部隊的所有同伴，安妮莫寧失去抵抗軍的所有同伴。當時我們沒有一起行動，因此雙方都以為只有自己活下來。

然後，我得知真相，退出戰場。

司令部一開始就打算對我們見死不救。因為我們是以「讓她們戰鬥到全員陣亡為止，收集戰鬥資料」為目的的實驗部隊。

看來安妮莫寧不知道這件事。這樣比較好。知道後就無法原諒、無法不去怨恨了。對於滿不在乎地將最前線的士兵犧牲掉的司令部。

「對了，二號。有個跟妳長得一模一樣的寄葉型。她叫2B，那傢伙——」

「死了。」

「咦？」

「我殺了她。她被邏輯病毒汙染。」

「……這樣啊。」

安妮莫寧沒有再多說什麼。我很感謝她這麼貼心，我們都殺過被病毒汙染的同伴。趁他們還沒受太多折磨，以及，趁他們還保有自我意識的時候……殺掉。所以，我們知道說什麼都安慰不了人。

總覺得最好別再提及往事，因此我立刻切入正題。我請她把燃料過濾器的備品分給我。在沙漠戰鬥，害我的過濾器進沙了。

至今以來，有需要修理、交換的零件，我都是從追擊部隊的屍體上拿零件來補。由於那些零件不適合裝到我的義體上，外表看起來不太美觀，但功能並沒有問題。

然而，現在寄葉型人造人全部遭到病毒汙染。如果拿受汙染的零件來替代，連我都會被感染。於是我便來拜託這位老朋友。

可惜抵抗軍營沒有多的燃料過濾器。這裡沒有的話，我就不知道該去哪裡找了。在我煩惱不已之際，安妮莫寧提出一個驚人的建議。

「燃料過濾器是帕斯卡的村子製造的，妳不介意的話可以去找他拿。」

「帕斯卡是那個……」

「噢，妳認識他啊。」

「他不是敵人嗎！」

「那傢伙的村子是特別的。不會危害我們。」

「怎麼會……可是……」

「我們締結同盟，交換各自所需的資材。為了達成目的，現在可不是選擇手段的時候。而且——」

「而且？」

「我們還沒淪落到連舉白旗投降的對象都殺。」

唯有這件事，就算是安妮莫寧説的，我也無法接受……不過。

「警告：過濾器損壞，將嚴重影響燃料供給。建議：盡速交換。」

不用説我也知道。這樣會影響戰鬥。不對，已經連平常的行動都開始受到影響。

身體關節異常僵硬，動作遲鈍。大概是因為這樣吧，只不過是走在路上都會耗損。頭也很痛。起初只有左邊會隱隱作痛，現在已經擴散到後腦勺跟頭頂。疼痛也逐漸增強，轉變為被銳利金屬刺進去的劇痛。

「查明以機械生物帕斯卡為中心的聚居地之座標。標記在地圖上。」

有種被看穿我開始考慮「與其陷入無法戰鬥的狀態，或許該去那個叫帕斯卡的機械的村子看一下」的感覺，真不爽。既然安妮莫寧說他們是「特別的」，就當成特例吧……

e38391e382b9e382abe383abe69d91e69da5e8a8aa

是個充滿機械的村落。看到我也不攻擊的機械有點噁心，害我不想砍他們。不對，提不起勁拿劍是因為身體狀況不好，一定是。

「妳是那時候的……真的很感謝妳救了我。」

我很少有機會再見到沒殺掉的機械，更不可能得到對方的道謝。可能是這個原因，導致面前的帕斯卡疑惑地問我「請問？」我也沒有表明來意。這時，旁邊的盒子突然多嘴地解釋。

「說明：寄葉機體Ａ2的燃料過濾器故障。經過：從抵抗軍營的首領安妮莫寧口中獲得情報，目的：來到此地尋找過濾器。要求：燃料過濾器。」

「噢，原來如此。是這麼一回事啊。可是現在用來做燃料過濾器的材料——堅韌植物的樹皮用完了。最近出現凶暴的機械生物定居在採集區域附近。」

「了解：採集並運輸堅韌植物樹皮。」

盒子擅自說明情況，擅自決定行程。實在非常讓人不爽，但過濾器損壞造成的影響越來越嚴重。只能乖乖去找那個什麼堅韌植物的樹皮。

e682aae38184e6a99fe6a2b0e38292e98080e6b2bb

「報告：判斷對和平的機械生物帕斯卡抱持敵意毫無意義。建議：盡速締結友好關係。」

「友好？開什麼玩笑。」

什麼「和平的」啊。最好是會有和平的機械生物，這次只是特例。意外事件造成的緊急狀況，我不打算跟機械生物玩朋友遊戲。

所以，身體狀況恢復後，我告訴帕斯卡「如果你有什麼事需要幫忙，我可以幫你」。我白白收了人家的過濾器，這樣等於欠他一份人情。

「其實有件事很讓我傷腦筋。遊樂場有凶暴的機器人出沒，會攻擊孩子們。不好意思，可以請妳幫忙擊退那具機器人嗎？這種事沒辦法拜託其他人。麻煩妳了。」

想不到機械生物竟然拜託我擊退機械生物。不過要打倒帕斯卡說的「凶暴機器人」，對我來說輕而易舉。這樣就能還他人情，我求之不得。

「啊啊，謝謝妳！妳幫忙擊退了那具機器人對吧！請收下謝禮。來，別客氣！」

我只是為了還人情才這麼做，拿人家的謝禮就沒意義了。我拒絕收下，也解釋我不是在跟他客氣，帕斯卡卻硬將回復藥和素材之類的東西塞進我手中。

「我們是和平主義者。討厭戰鬥，便建立了這個村莊。不過捨棄武器的結果，就是失去抵抗有力量的人的手段。」

在堅韌植物樹皮的採集地的機械，以及我剛打倒的「凶暴機器人」，都是對有武器的我而言不費吹灰之力就能打倒的敵人。這個村子的機械們，連那種程度的敵人都對付不了。殺了好幾名我的同伴的機械生物，害怕同為機械生物的威脅。我一方面覺得奇妙，一方面又覺得有點好笑、有點悲傷……悲傷？為何我會感到悲傷？

「村裡也有人主張為了守護和平，應該殲滅附近的敵人。A2小姐……我們該怎麼做呢？」

「誰知道。帕斯卡，這是你該決定的吧？」

我不知道答案。所以直接把問題丟回去給他。為了守護和平而殲滅敵人……兩種行為互相矛盾。這個問題不會有答案，可是。可是我……

「A2小姐。可以的話，請逛逛我們的村子。我希望妳更了解這個村子。」

我只回答一句「等我有那個心情再說」，轉身離開。走到村外後，我才想到結果我沒能把「謝禮」還給他。

e5ad90e4be9be98194e381abe68790e3818be3828ce59bb0e68391

「喂——喂——！大姊姊！」

「大、大姊姊!?」

「來玩——！來玩——！」

「我沒興趣跟機械生物玩。」

「討厭——！來玩——！來玩——！」

剛踏進村子就被小型機械（一群臭小鬼）纏上，我只是因為不爽欠帕斯卡人情才來這裡耶。

即使我努力趕走他們，對他們冷漠以待，小鬼們還是尖叫著死纏著我。

「我是你們的敵人人造人。不聽我的話小心我砸爛你們！」

「哇——！好好玩——！」

「是在高興什麼……」

「大姊姊，我還要玩——！」

大姊姊，這句話突然讓我回想起某段記憶。

以前跟我一起戰鬥的抵抗軍成員，說他們「跟一家人一樣」。當時的我沒有「家族」這個概念，覺得稱呼同伴為「姊姊」非常不可思議……

「欸欸，大姊姊，來做玩具——！」

「玩遊戲需要玩具——！」

「需要玩具——！」

「村裡的道具商人有賣，買給我們——！」

「買給我們——！」

四肢都被抓住，我拗不過他們，只得屈服。聽見我回答「知道了啦」，小鬼們放聲歡呼，害我有種奇怪的感覺。抵抗軍們歡笑著的畫面浮現腦海，還有同伴們的臉孔。

為什麼是現在？為什麼現在會想起那個時候的事？

「歡迎光臨。咦？小孩子的玩具？喔，現在剛好沒貨。有材料就做得出來了，材料寫在這上面。如果妳願意把這些材料帶來，就能讓孩子們得到幸福囉……」

道具商人邊說邊晃著那張紙。是材料清單。這個村子的居民怎麼這麼愛逼人做事？剛剛那群小鬼也是。

即使如此，我還是照他說的去尋找材料，因為我不想思考多餘的事。不想回憶起……死去的同伴們。

e381bee38199e381bee38199e59bb0e68391

帕斯卡村的居民雖然都愛逼人做事，不過每次都會客氣地給我謝禮。拒絕也沒用，他們會硬把禮物塞過來。

我本來是因為不想欠人情才說要幫忙，結果卻被硬塞謝禮，這樣永遠還不清人情。

「啊，是大姊姊！」

「謝謝大姊姊幫我們做玩具！」

「這是我們要給妳的謝禮。」

孩子們將礦物及植物種子塞進我手中，大概是在村子附近撿的。

「大姊姊，謝謝妳！」

這樣又還不了人情了……

e38391e382b9e382abe383abe69d91e381abe795b0e5a489

那個時候，我正在從抵抗軍營移動到帕斯卡村。安妮莫寧託我把素材交給帕斯卡。

「A2小姐！妳聽得見嗎！」

「噢，時機正好。帕斯卡，我現在把你要的素材——」

「A2小姐！村子……糟糕了！村人們……啊啊！」

「喂！帕斯卡？怎麼了？」

突如其來的通訊，同樣突如其來地中斷。帕斯卡聽起來很緊張，有股不好的預感。

「推測：珍貴的情報來源帕斯卡遇到問題。建議：調查帕斯卡村的狀態。」

我回答輔助機「不用你說」，飛奔而出，在途中得知事態有多嚴重。我看見村子的方向正在冒出濃煙。

「輔助機！聯絡帕斯卡！」

「無法通訊。」

「可惡！」

等我終於抵達時，村子到處都在燃燒。不是單純的火災，眼前景象令人難以置信。機械在吃機械。吃機械的與被機械吃的，都是這裡的村民。

我往村子內部前進，一面砍倒獵食機械的機械。

「A2小姐！」

不曉得我破壞了多少村民……多少機械，才聽見這帶哭腔的聲音。

「帕斯卡！發生了什麼事!?」

「不知道。一部分的村人突然失控，開始吃同伴。」

「孩子們呢？」

「我讓他們逃到其他地方。可是……其他村人……」

「這樣下去連你都會被吃掉！你先逃出去吧，我會想辦法！」

我略為強硬地逼帕斯卡逃走，將失控的機械一架架破壞掉。將不久前還跟他們買過東西、說過話，理應過著和平生活的村民們破壞掉。

雖說村民們處於失控狀態，他們本來就是「失去抵抗有力量的人的手段」的機械。將他們統統破壞花不了多少時間。可是，來不及拯救遭到攻擊的村民。

他們已經停止運作。

e38391e382b9e382abe381a8e381aee585b1e99798

幸好孩子們統統平安無事。八成是異變發生時，帕斯卡優先讓孩子們去避難的緣故。孩子們在工廠廢墟的角落靠在一起。

要開口告訴他們其他村民沒能救出來，實在很難受。因為我明白失去同伴的痛苦。

「疑問：機械生物不是只要有材料就能重生？」

「不是的。其實我們擁有叫『核心』的裝置。是形成自我資料的裝置，核心被破壞就無法恢復原狀。這次犧牲的村民們，連核心都被破壞了。」

「是嗎……」

目前交戰過的機械生物，怎麼殺都會不停冒出來，所以我以為機械是不死的。但帕斯卡他們跟沒備份自我資料，連著黑盒一起遭到破壞的我的同伴們一樣，會「死」……

「報告：情報顯示，大量敵性機械生物正在聚集到本工廠廢墟。」

「情報？」

「經由各地的輔助機網路取得。」

「你們有同伴嗎？」

「肯定。」

總之，現在連為死者哀悼的時間都沒有。我將孩子們留在裡面，迎擊機械生物。敵人的數量太多，只有我和輔助機實在不可能清得乾淨。

沒錯。機械會源源不絕地冒出來，我們就是在跟這樣的敵人戰鬥。曾經體會過的無力感與絕望，再度浮現腦海……

「A2小姐！這邊交給我吧！」

意想不到的援軍出現。是搭乘巨大兵器的帕斯卡，應該是將放置在工廠廢墟的機械搶過來操作了。

帕斯卡操縱的巨大兵器，一口氣打飛那群機械。敵人的增援部隊雖然不斷出現，帕斯卡卻毫不畏懼，戰鬥到底。

「我必須……保護孩子們！」

攻擊的激烈程度，讓人很難跟身為和平主義者的帕斯卡聯想在一起。我聽見帕斯卡不停吶喊「殺了你們」。

e38391e382b9e382abe383abe381aee7b5b6e69c9b

我跟帕斯卡終於擊破那一大群敵人和巨大兵器，回到孩子們所在的地方，迎接我們的卻是難以置信的景象。

「啊啊！怎麼會……啊啊！」

等待著我們的，是倒在地上一動也不動的孩子們。他們自己破壞掉核心。也就是……自殺。

「為什麼會這樣？」

「我教了這些孩子各式各樣的感情與知識。我相信這些將來會派上用場。」

「為什麼這會導致他們自殺？」

「是恐懼。我教了孩子們『恐懼』這種感情。不明白恐懼為何物，會因為太過莽撞而喪命。」

帕斯卡過了很長一段時間才處理掉敵人，回到這裡。孩子們八成也聽見了工廠外的戰鬥聲。爆炸聲、衝突聲，以及劇烈的震動。他們無法承受對此的恐懼。為了逃避恐懼，選擇死亡。

帕斯卡有點搞錯了。該教孩子們的不是「恐懼」這種感情，而是「死掉很可怕」。

設計出我們人造人的是人類。人類明白死亡的恐怖。所以，我們的程式裡也有寫入對死亡的恐懼。因為如果不懂得死亡有多可怕，會如帕斯卡所說，因為太過莽撞而喪命。

不過，機械本來是不會死的，所以帕斯卡也不懂死亡有多可怕。想教別人自己沒有的感情很難。要用言語解釋只需要一個字，死。就是因為他不懂這個字，沒教孩子們這個字代表的意義……才會釀成悲劇。

「A2小姐，我想拜託妳一件事。我無法承受這樣的痛苦。可以請妳消除我的記憶嗎？不然就……殺了我。」

我懂失去同伴的痛苦。帶著已逝的同伴的記憶活下去有多痛苦，我比誰都還要明白。所以，我命令輔助機消除帕斯卡的記憶。

e5a4a7e59e8be383a6e383be38383e38388e381b8

切斷帕斯卡的記憶迴路後，輔助機設定好讓他重新啓動的定時程式。也就是說，我們可以在帕斯卡沉睡的時候離開。

失去記憶的帕斯卡看到我說不定會陷入混亂，我也不知道該怎麼面對他。輔助機似乎顧慮到了這一點。

「輔助機，機械生物為什麼會攻擊同種族的帕斯卡他們？」

「不明。不過，無法否定程式出錯的可能性。」

「出錯？出什麼錯？」

我的疑問被可疑的聲音打斷。

『您好！這裡是「塔」的服務系統！今天有個值得一聽的情報要提供給各位。』

是小孩子的聲音。講話有點含糊不清，語氣聽起來像在嘲諷我們。

「確認機械生物的大型單位於東方啓動。」

「大型單位？是那個叫『塔』的東西嗎。到底發生了什麼事？」

「不明。建議：收集更多情報。」

用不著你說我也知道。我讓輔助機搜尋那個大型單位的座標，決定親自去看一看。

失控的村民、突然出現的大型單位。時機太巧了，再加上輔助機推測村民們的程式出了錯。

機械生物本來是外星人為了殺戮創造出的兵器。而那個兵器討厭戰爭，愛好和平，未免太過矛盾。對機械生物來說，帕斯卡他們才是不正常的存在。

他們的行為越不像機械，跟天生的本能之間的矛盾就會越來越大。是不是就是那個矛盾導致他們程式出錯？「大型單位」的出現則是幫忙扣下扳機。

但這只是我的假設。只是我的推測。所以，我要去確認。

efbc99efbcb3e381a8e5868de4bc9a

大型單位位在遊樂園廢墟，像用機械零件隨便拼湊起來的醜陋建築物。

走進去一看，內部也像用機械零件組裝而成的。蓋出這座塔的，顯然是機械生物。

只不過，到處都是機械的殘骸。這裡疑似發生過戰鬥，每層樓都瀰漫燒焦味，牆壁及地板上有彈痕。殘骸還殘留著熱度，意思是時間沒過多久。

每具機械都扭曲得看不出原型，坑坑洞洞。可見對方在他們停止運作後仍然繼續攻擊。

我衝向上層，現在應該還追得上。

「求求你……殺了我……」

「通訊官小姐……沒事的……沒事的！我現在……就殺了妳！」

兩架寄葉型人造人在屋頂交戰。被邏輯病毒汙染的機體……和９Ｓ。戰鬥應該已經持續一段時間，９Ｓ跟受汙染的寄葉型都站不太穩。

受汙染的寄葉型被９Ｓ一擊擊倒在地。９Ｓ大概以為勝負已分，可惜，太天真了。當你這麼想的時候就更會露出破綻。猛禽類最無防備的時候，就是襲擊獵物的瞬間。

不出所料，受汙染的寄葉型砍向９Ｓ。不過，她也一樣變得毫無防備。我沒有放過這個機會。

我用軍刀刺進滿是空檔的背部。不能讓9S殺掉她，2B不希望發生這種事。她託付給我的「請求」中，占最大一部分的就是9S。

受汙染的寄葉型再度倒下，我破壞掉她的黑盒，讓她永遠無法重新啓動。9S怨恨地瞪著不停刺下軍刀的我……

第九章

第九章

NieR:Automata 長話

9S的故事／執著

「……完畢。寄葉機體9S，啟動。」

好亮。照明設定可能出問題了，之後得跟管理部報告。地堡用的資材本來就夠珍貴了，現在已經越來越難把資材發射到月球。都是敵方防空系統害的……咦？我們不是已經成功癱瘓防空系統了嗎？

「早安，9S。」

輔助機153侵入視線範圍內。在它後面的是天空，從地上看見的天空。難怪這麼亮。

「我……」

為什麼會躺在這種地方？

「在敵方大型單位內戰鬥時，單位結構崩塌。墜落於地面的寄葉機體9S受到損傷，故進入緊急待機模式。判斷墜落地點附近有危險性，將9S搬運至目前位置。」

墜落？啊，沒錯。9S邊想邊坐起身。突然出現大型敵人，破壞牆壁和地板的一部分。9S腳下正好是那個部分。他失去立足點，無計可施。明明該殺的對象近在眼前。

這是第二次錯失殺掉A2的時機。上次也是突然出現的「塔」導致吊橋斷掉，9S則墜落谷底。兩次都是機械生物害他摔下去，強制結束他跟A2的戰鬥，9S

相當火大。

更讓人火大的是A2。

『2B說過，希望你成為一個溫柔的人。』

竟然偏偏偽造2B說的話讓他動搖，卑鄙至極。光是長得和2B一樣就不容饒恕了，還用那張跟2B如出一轍的嘴冒充2B。不可原諒。

不對，真正不能原諒的是自己。被A2拯救、愚蠢的自己。沒有完全殺死21O——不對，21B，還差點被她反殺，在21B的攻擊即將命中他前，A2從背後拿刀刺21B，然後……

「通訊官小姐……」

「方才遭遇的21O機種確認死亡。黑盒訊號也已經停止。」

「這樣啊。」

9S聲音沙啞，不用問也知道結果。

「報告現狀。」

「已取得規定數量的通行認證鑰匙。」

雖然從屋頂上摔了下來，好險有拿到目標物。萬一連通行認證鑰匙都被A2搶走，實在慘不忍睹。不過到時也只要搶回來即可。

「可解除副單位及調查『塔』。」

「知道了。」

終點逐漸接近。

＊

口齒不清的聲音於陷落地帶迴盪。9S並沒有覺得不耐煩，不曉得是不是習慣了，他只想盡快破壞這些東西。

『您好！這裡是「塔」的服務系統。』

聲音的回音很重，聽起來越來越像不完整的句子。三座「副單位」的鎖已經解除，這樣終於能進入原本的目標物「塔」。

『恭喜！全部的副單位已經解鎖。最後的獎品在「塔」的內部。』

獎品？反正只會有一堆惱人的機械吧？

『期待您大駕光臨！』

廣播結束的同時，好幾具機械生物從上空降下。才剛講完「期待您大駕光臨」，舌頭還沒縮回去就強化入口的防禦。這種做法真有**機械的**風格，雖然機械並沒有舌頭。

「少礙事！」

敵人源源不絕，怎麼清都清不完。「塔」的門前刻意設置了顯眼的駭客點，表示開門的時候，義體會處於毫無防備的狀態。若敵人只有一兩隻，還可以讓輔助機支援，但這個數量不可能防得住。

9S想起駭客時會幫忙保護他不受到攻擊的2B。這令他更加強烈地體會到，2B已經不在世上。若這就是敵人的目標，雖然很不甘心，他不得不承認非常有效……

「可惡！沒完沒了。」

如果至少能用B型那麼快的速度破壞，應該就能在新的敵人出現前駭進去。可惜以S型的戰鬥能力要花太多時間，對付一架的期間又會多出新的一架。這樣下去永遠無法減少敵人數量，等他耗盡體力就玩完了。

得想點辦法才行──9S慌了。

「報告：偵測到友軍反應。」

「友軍？」

不是敵軍嗎？寄葉部隊破滅了。只剩下被汙染的失控機體。

「就知道你會來。」

9S聽見有人呼喚自己，回過頭，是迪瓦菈和波波菈。她們都拿著劍。

「妳們是……」

兩人同時飛奔而出，穿過目瞪口呆的9S旁邊，殺向機械生物。劍刃劃過空中，機械的頭部掉到地上。

「這邊由我們想辦法處理！」

「你去打開『塔』的門！」

怎麼回事？9S一頭霧水。為何她們願意跟自己共同作戰？專門治療、維修的她們，應該不擅長戰鬥才對。

「快點！趁現在駭進去！」

波波菈一面抵禦敵人的攻擊，一面對9S大叫。

「詳情等進到『塔』裡面再說！」

迪瓦菈這句話終於讓9S下定決心。與其在這邊應付永無止境的敵人，進建築物裡面還比較好。理論上來說，我方人數少的時候，狹窄的地方比開闊的場所更適合。

然而，「塔」的大門比想像中更難駭進去。攻擊型的防護罩還在預想之內，守備卻異常堅固。而且越是攻擊，防護罩就越來越硬、越來越厚。

「這道防護罩……是什麼？」

「警告：封鎖型防禦系統。」

封鎖型？以前……好像在哪被這東西搞得很頭痛過。不過他只是「有這種感覺」，沒有確切的記憶。也沒有成功解除的記憶。代表假如他在哪裡試過解除封鎖型防禦系統，最後八成失敗了。失敗了，然後自我資料遭到破壞，用地堡的備份檔回溯記憶……

「怎樣才能破壞!?」

「預測：使自我資料失控，利用自爆能量能夠暫時癱瘓防護罩。」

自爆？暫時癱瘓？現在沒有自我資料的備份檔，自爆等於死亡。而且，都做到這個地步了還只能「暫時癱瘓」，而不是「破壞」……

「那跟進不去沒兩樣！」

9S在怒吼的瞬間被從電腦空間排除。強制中斷。他被門彈飛，狼狽地摔在地上。

「怎麼了!?」

迪瓦菈跑過來，9S抓住她伸出的手站起身。

「這道防護罩……」

正當他準備說「無法解除」的時候。波波菈砍死附近的敵人，衝向大門。接著，慘叫聲響起。波波菈試圖靠蠻力開門。

「不行！那道防護罩是用自我封鎖演算法構築成的，無法……」

「吵死了！」

波波菈拒絕的聲音，強烈到令想要阻止她的9S當場僵住。

「我們要為我們犯下的罪贖罪！」

波波菈雙手冒出黑煙。放電現象特有的火花四散，這扇門八成也設定成會對人造成物理上的傷害。可是這樣下去，對電腦的影響更加危險。

「不可能的！這樣妳的迴路會……」

9S的話被波波菈的慘叫聲蓋過，彷彿不想讓他繼續說下去。

「迪瓦菈！拜託了！」

有人抓住他的手臂。是迪瓦菈。9S不知道她要做什麼，就這樣被用力拽過去。

「趁現在——————！」

他在迪瓦菈吶喊的瞬間被推出去……推向門的內側。9S看見波波菈用盡力氣，倒了下來。迪瓦菈回頭對他露出平靜的微笑。

「你別後悔啊。」

她的臉消失在門後。9S茫然看著緊閉的大門。不規律的晃動從腳底傳來，然後感覺到飄浮感。是升降機嗎？9S愣愣地想。

「為什麼……」

搞不懂，明白的只有「她們犧牲自己救了我」這個事實。

「報告：發現迪瓦菈及波波菈的殘留資料。」
「殘留資料？還有這種東西。」
可能是波波菈的迴路被燒斷的瞬間，資料防護系統也遭到燒毀。或是傳送給輔助機當成遺言的。
「開啟資料。」
「了解。」

我們製造出來的時候，是最新機種。迪瓦菈・波波菈型人造人，是做為「型態計畫」的監視者製造出來的，我們有許多同型機種。因為各區都需要配置一組監視者。

刻意將我們做成雙胞胎，應該是因為這樣隨時都有「預備品」可以應付意外情況。這是長達約千年的遠大計畫。

而且，計畫開始執行後，我們的造物主人類就無法出手。我們必須親手完成在此之前都由人類技術師做的事。

說不會擔心是騙人的。可是，我們感到的驕傲足以驅散這股不安。每架同型機都為能擔任人類代理人的榮耀雀躍不已。

不過，人類給予我們的監視者任務突然中止。好像是因為其他都市的迪瓦菈・波波菈機種失控了，這起意外確定了人類必將滅亡。

在那之後，我們人造人將最後一絲希望——人類的基因情報發射到月球上。然而那只是微不足道的資料，而且有基因情報並不代表就能讓人類復活。人類的構造太過複雜，光憑資料無法將其復活。

知道這件事的人造人，理所當然似的對迪瓦菈・波波菈型心生憎惡。人造人的程式裡包含對造物主人類的敬愛，以及不惜犧牲自己也要保護他們的忠誠心。我們迪瓦菈・波波菈型則是害人類滅亡的罪人。

不久後，司令部決定隱瞞型態計畫失敗的事實。我們跟計畫有關的記憶也被刪除掉一大部分。留在記憶區塊裡的只有計畫名稱，以及同型機引發失控事故，導致人類滅亡的這個事實。

身為監視者，我們在想什麼、做了什麼、沒做什麼？同型機引起的失控事故是什麼樣的事故？在那之前狀況如何惡化？採取了什麼對策？那起意外是不能避免的嗎……

我們並不知道。腦中冒出好幾個疑問，卻一個都沒得到解答。

在人類滅亡後製造出來的人造人，大多都不知道我們犯下的罪。連計畫名稱都沒聽過。即使如此，他們還是會對我們扔石頭。把我們遭到迫害視為自然情況。

我們肯定該無緣無故地被殺，或者是自己選擇死亡。至少，其他人造人是這麼想的。

可是我們不能死。因為這樣就無法贖罪。我們被灌輸的罪惡感，使我們遠離死亡。命令我們不能沒派上任何用場就死。

即使想在沒有人的土地上兩個人一起活下去，也做不到。因為我們需要「誰」來讓我們贖罪。

什麼都可以，希望分給我們極度危險的任務——我們這麼期望。在任務途中就死得了了。只要派上誰的用場，我們的死就能得到原諒。我們一直在等待那一天……

「以上即為於舊時代被稱為管理者的她們的個人記憶。」

「這樣啊……」

我們要為我們犯下的罪贖罪——波波菈的吶喊又在耳邊響起。她們被灌輸過度的罪惡感，才會導致波波菈這麼吶喊。9S明白她們不惜犧牲性命也要幫助他的原因了。以及總是全身是傷的原因，還有頻繁到遠方出任務的原因。

「疑問：為何人造人迪瓦菈及波波菈總是選擇同時死亡？」

啊，對喔。經輔助機這麼一說，在失控事故中也是兩架一起死亡。

「當時的狀況能夠獨自脫離……」

「我——」

9S打斷輔助機說話。對於9S認識的迪瓦菈跟波波菈而言，死亡是救贖。因此，她們同時選擇死亡。

他不知道失控的迪瓦菈、波波菈當時處在怎樣的狀況下，所以這只不過是推測，不過9S認為，在執行長達千年的遠大計畫的期間，她們應該一直是握著對方的手承受不安。不可能因為其中一方面臨死亡，就放開那雙手。

就算放開她的手活下來，心中也只會剩下悔恨。9S是被迫放開手，獨自倖存下來的人，所以他明白。

「希望你永遠沒辦法理解。」

輔助機不需要理解這種事。即使不是輔助機，能不體會這種痛當然是最好的。

在9S如此心想時，輔助機再度提出疑問。

「為何這座『塔』有入口？已確認資源是經由空中搬入。備有從外部進入的路線並不自然。」

說到搬入資源，9S想到一個畫面。機械零件從森林和沉沒都市的「資源回收單位」的頂樓吸向空中。可以推測目的地是這座「塔」，但搬入方法他倒從沒思考過。不如說，那一點都不重要，因此他沒有多想。

「預測：陷阱。」

「無所謂。」

他對機械殘骸沒興趣。他要找的是化為殘骸前的機械，因為。

「……只要殺光他們就對了。」

升降機發出聲音，停止上升。

＊

9S走下升降機，來到昏暗的通道上。牆壁、柱子、天花板上過度精緻的裝飾，讓人聯想到人類文明的古代建築風格。

走向前方，牆壁突然消失。昏暗的走道轉變為露天的階梯狀通道。階梯斷斷續續，下面還會吹來強風。高度相當高。不小心踩歪的話會用力撞上地面……當場死亡。

9S慎重跳過斷斷續續的樓梯，聽見那個廣播。

『您好！這裡是「塔」的服務系統。感謝您這次的光臨。』

光臨？感謝？明明派了一堆敵人到「塔」的入口干擾？明明用自我封閉系統把大門鎖得緊緊的？虧他有臉講出這種話。9S啞口無言。

『為解鎖最後一座副單位的來賓準備的「最後獎」在前面的房間。請慢慢享受！』

陳腔濫調——9S碎碎念了句人類文明的成語。反正門一打開，想必又是一大群機械在迎接他。

那扇門高得要抬頭才看得見頂端，是分成左右兩邊的雙開門。他本來還在擔心以S型的腕力會不會打不開，結果門並沒有看起來那麼重。輕輕推一下就開了。

門後是狹長型的房間。寬度比外面的走道寬一點，天花板非常高。除此之外，很暗。不至於一片黑暗，但會讓人看不清腳下。

要是跟敵人在這裡打起來，會有點麻煩。9S才剛這麼想，就有什麼東西從昏暗的天花板紛紛落下。跟機械的掉落聲明顯不同，是9S熟知的義體。

「2B……型？」

身穿黑衣的寄葉型人造人。銀色短髮、淡粉色的嘴唇。毫無疑問是2B的義體。

他以為地堡爆炸時，預備的義體都跟資料一起燒光了。以為再也無法製造寄葉型的義體，包括自己的在內。不過，只有一個辦法可以做出2B的義體——傳送裝置。

傳送裝置內收納著義體的材料。材料是所有寄葉型共通的，因此只要是寄葉隊員，誰都可以使用。不能共用的自我資料會從出發點傳送到目的地，但義體只會傳送材料的情報，在目的地重新做出一具，然後將自我資料傳進新義體時就算傳送完畢。

所以只要有構成義體的材料情報，就能用傳送裝置無限複製。機械生物既然入侵了主要伺服器，義體情報應該要多少有多少。

不過事實上，無法確定機械生物是不是用那個方法複製2B的義體。說不定是做了個跟傳送裝置構造類似的裝置，用它複製義體。也有可能是用9S想都想不到的方法，做出與2B如出一轍的義體。

無論如何，2B的義體就這樣被複製出好幾具，出現在他面前。當然是沒有內在的人偶，機械生物是想讓和2B長得一模一樣的傀儡跟9S戰鬥吧。像21O那次一樣。

他們大概是不滿意9S面對21O也沒有太多動搖，既然如此，乾脆派出2B……

被亞當囚禁的時候，9S對2B抱持的邪念被發現了。把他引來這座「塔」的機械生物，照理說也會知道。因為機械生物都透過網路連結在一起。

他們八成以為這次可以欣賞到9S毫不抵抗，乖乖被2B殺掉的模樣。不但不反擊，連2B的手都沒辦法碰到，絕望地哭喊的模樣。

愚蠢的機械。絕望？哭喊？怎麼可能。現在有這麼多架２Ｂ在這裡。

「太好了……能在這裡見到妳，真的太好了……」

幸好２Ｂ的義體沒有在自己不知道的地方走動。在這邊的話，就碰得到了。

他拿下眼帶。沒什麼好隱藏的，也不需要多餘的情報。他想直接看看２Ｂ。想讓只要伸手就能觸及的２Ｂ的身影映在眼中，然後。

「統統……」

湧上嘴角的笑意無法控制。

「統統破壞！」

竟敢擅自製造２Ｂ的義體，不可饒恕。竟敢擅自使用２Ｂ的義體，不可饒恕。

所以，要親手破壞掉。

沒錯，只有我能破壞２Ｂ。

「我要粉碎妳們，一架都不留！」

全部都是我的。不會讓給任何人……包括２Ｂ自己。

９Ｓ殺向空洞的人偶。動作太粗糙了，畢竟是由機械操縱的。強度遠遠不及真正的２Ｂ，完全無法跟那俐落的動作相比。

看，這麼簡單就壞掉了。９Ｓ瘋狂砍向跟２Ｂ一樣的臉、跟２Ｂ一樣的手、腳，徹底砸爛。摧毀得不留原型，不讓任何人看見。

一架、兩架、三架……

這樣一下就會結束囉，2B。四架、五架、六架……

還有幾架？啊，已經沒了嗎。

「警告：發現敵方機體的反應。」

輔助機不識相地插嘴。

「反應？還有沒有死透的啊……」

哪一架？在等我去殺她的是哪一架？

他掃了滿地殘骸一眼，有具義體的胸部正在微微起伏。

「這傢伙嗎。」

明明都動彈不得了，這一架好像還想試著站起來。

不行喔，2B。我不是說過一架都不會留嗎？

9S拿劍刺進她的胸口。刺了第二刀、第三刀。

這時，他聽見不祥的聲音。是引爆裝置嗎？就在他這麼想的瞬間，眼前被一片白色填滿。9S感覺到身體浮向空中。

聲音從世界中消失，什麼都無法思考。

Another Side "A2"

打倒破壞牆壁及地板冒出來的大型機械生物後，我離開大型單位。9S好像已經破壞那個設施的頭腦部分，所以我沒必要一直停留在這裡。

而且，輔助機說那個叫做「塔」的大型結構啓動了。既然其他設施有了動作，最好快點破壞掉。

我立刻趕到「塔」，遇見出乎意料的人。是抵抗軍營的那對雙胞胎人造人，她們倒在「塔」的入口處。靠著彼此。

偵測不到波波菈的識別訊號。迪瓦菈的識別訊號也微弱得彷彿隨時都會中斷。我走到她們旁邊，迪瓦菈仍然閉著眼睛。我叫了她好幾次，她才終於睜開眼。

「喔……是A2啊。『塔』的入口……已經打開了。」

我沒有問到底發生了什麼事。疑似入口保護程式的部分被破壞了。看到這個情況，輕而易舉就推測得出事情經過。

「9S先進去了……」

大型單位的地板崩塌時，9S頭下腳上地摔下去。我並沒有懷疑輔助機說的「9S依然生存」，不過迪瓦菈這句話令我鬆了口氣。

「欸……我們……派上用場了嗎？」

我點頭回答「是啊」，迪瓦菈露出安心的表情，閉上眼睛。然後，她的識別訊號停止了。

建築物內部有好幾具寄葉型人造人的屍體。石頭地板碎成好幾塊，還有整面牆壁都燒得焦黑的房間，大概是發生過相當激烈的戰鬥。兩者都是9S幹的吧。

我走向前方，來到一間神祕的房間。牆壁裡面有好幾個小方塊。

「預測：模仿圖書館的設施。」

「圖書館？那是什麼？」

「過去人類文明建造的情報保存設施。」

那些小方塊是叫做「書」的情報記錄媒體，我駭進去強制閱讀那些情報。

不過從輔助機的說明來看，人類文明的「書」好像不用駭進去就能看。沒有如實重現這部分的原因，不曉得是機械難以模仿那個構造，還是單純的效率問題。

可是機械生物做的「書」裡面，充滿各式各樣的情報。以前存在的人類的個人情報、人類間的傳染病的紀錄。那個傳染病似乎非常嚴重，相關紀錄也涉及各個方面。針對病原體的研究，以及治療藥和預防藥的開發紀錄，各種症狀、出現特殊症狀的患者病例……

「這座『塔』好像是機械生物的情報收集裝置。」

剛才那座大型單位會收集機械的零件及殘骸。看到什麼就收集過來的感覺。假如其中還包含人造人屍體，理應可以獲得大量的情報。人造人的記憶區塊中，寫入了一定程度的情報。

把它們統統混在一起，從最上層排出，送到這座「塔」，收集資材與情報。

「收集完那些情報後，他們想要做什麼？」

答案記錄在《「塔」系統概要》這本書裡。

022port062423「塔」系統概要

本設施以射出裝置為中心，負責處理資源回收單位送來的各種資源，將其情報化。總共256層的結構體，可在27分32秒內過濾、壓縮情報濁度2300以下的情報物質，並記錄在發射體內。

「記錄在發射體內？用收集來的資料做出來的東西是發射體。將收集來的情報記錄在裡面，從這裡射出去……的意思嗎？」

目的地呢？那些傢伙想把那東西射向哪裡？

「難道是月球上的人類伺服器？再怎麼說也太……」

這只不過是荒誕無稽的想像嗎？不對，他們確實有可能這麼做。正因為是他們，才可能幹出這種事。

我知道機械生物以玩弄人造人為樂。我和我的同伴們，也曾經被他們玩弄於股掌之間……更重要的是，讓我懂得「絕望」兩字的不是別人，就是他們。

月球人類伺服器是人造人的心靈支柱。假如那裡被破壞掉……

然而，如果那些傢伙不知道人類伺服器的位置，想破壞也無從下手。聽說人類議會的廣播會拿設置於地面的好幾座基地當跳板，以免伺服器的位置被偵測到。所以應該沒問題……吧？

怎麼可能沒問題。空降珍珠港作戰的時候，那些傢伙就握有連我們都不知道的情報。只不過是人類伺服器的位置，一定輕而易舉就能查出來。

「……有了。」

我發現《port056776　人類伺服器紀錄》這行文字。還很貼心地把它放在《「塔」系統概要》旁邊。他們預測到得知這座「塔」是什麼東西的人，接下來會想知道什麼。

機械生物不僅試圖偵測人類伺服器的位置，還試過入侵伺服器。只要他們有那個意思，肯定有辦法從伺服器內部將其破壞。他們之所以沒那麼做，是想讓人造人親眼看到人類伺服器遭到破壞。為了讓伺服器被發射體粉碎的畫面，深深烙印在人造人眼中……

必須破壞這座「塔」。不能讓他們繼續為所欲為，不能讓他們繼續肆意掠奪。
可是，那串文字像要嘲笑我般映入眼簾。

「二號機種於寄葉計畫中之運用概要？這是……？」

機械生物似乎早就預測到我會到這裡來。不對，說不定這份紀錄不是為我，而是為9S準備的。如果他知道記錄在這上面的真實，想必會大受震撼。

參加寄葉實驗部隊第一次空降作戰的攻擊型二號（A2），在模擬階段只取得凡庸的成績，卻是唯一的生存機體。分析該機體保存下來的個人資料後，得知A2於極限狀況時的分析、判斷能力極為優秀。
於其他項目提及的最新一批E型機種，決定安裝該機體之個人資料，負責寄葉計畫的保密任務。

「負責……保密任務。2E……」

我第一次遇見的「她」是2E。我擊退了好幾次前來處刑逃兵的她，在森林城堡遇見的她自稱2B。應該是為了不讓9S發現真實身分吧。

9S型這個高性能機種發現寄葉計畫的真相時，負責保密任務的2E會迅速將其處刑。但9S的性能優秀到連這件事都可能發現，所以需要偽裝。需要以B型而不是E型的身分接近他，避免引起他的戒心。

這件事記錄在她的愛刀中。只有冷冰冰的事實而已。不過，我一下就想像得出她當時在想什麼。

9S看過這份紀錄了嗎？他已經知道2B一直隱瞞的真相了嗎？

e59bb3e69bb8e9a4a8e381a7e688a6e99798e38081e58588e381b8e980b2e38280

按下開關的瞬間，周遭的景象為之一變。眼前是只由白色平面構成的空間。

「這是什麼!?」

「敵方的強制駭客攻擊。建議：盡速離開。」

「不用你說我也知道！」

我在純白的道路上奔跑。想逃也不知道出口在哪。即使如此，還是只能向前跑。不能杵在原地不動。

「好久不見，二號。不對，現在該叫妳Ａ２吧？」

我停下腳步，我認識「那東西」。

「真懷念。」

眼前出現身穿紅衣的少女。兩名，紅衣少女。我認識她們。空降珍珠港作戰時，我……我們就是被這兩個傢伙……

「對我們來說，時間並無意義……不過讓妳們的部隊全滅的記憶，還是殘留在我們腦中。」

紅衣少女是從機械生物的網路中誕生的「概念人格」。沒有物質上的形體，因此也不會被時間與空間束縛，哪裡都能入侵。例如司令部的主要伺服器……恐怕連月球人類伺服器也包含在內。

「寄葉部隊攻擊型二號機。為了那些正式運用的寄葉型創造出的棄子實驗部隊。」

閉嘴——我大喊著砍過去。沒有砍中的手感，那個時候也一樣。

「妳真是學不會教訓的人造人。不是早就說過了嗎？我們是殺不死的。」

我知道。即使如此，我還是沒辦法不攻擊她們。就是這傢伙害我知道我們是實驗部隊。假如不知道這件事，我說不定就能相信司令部會來救我們，懷著希望死去。

「可惡！」

該怎麼做才好？怎麼做才能殺死這些傢伙？該怎麼做……

第十章

第十章

NieR:Automata 長話

9S的故事／真實

9S在極近距離捲入爆炸中，視覺機能卻毫無損傷。不過聲音聽不太清楚，聽覺似乎尚未恢復。

他試圖坐起身，結果失去平衡。明明想用左手撐住上半身，身體卻狼狽地倒向一旁。仔細一看，左手沒了。

看見慘不忍睹的傷口的瞬間，9S想起剛才感受到的劇痛。令人傻眼的是，直到現在他才發現「手斷了，很痛」。

意識到左手傳來的劇痛後，身體就動不了了。9S雖然死命咬緊牙關，呻吟聲還是從齒縫間洩出。腦中浮現「我會死在這裡嗎？」的想法。

他左顧右盼，想轉移注意力。2B在旁邊，2B的義體倒在旁邊。只有這一架沒被瓦礫埋住。

「2B……」

他伸出右手，碰觸她的臉頰。在地堡維修的時候，她總是像這樣閉著眼睛。只要告訴她「結束了喔」，2B是不是就會跟平常一樣睜開眼？

「蠢死了。」

怎麼可能會有這種事。2B已經死了。思及此的瞬間，9S心中燃起怒火。

「我還……不能死。」

每吸一口氣，上半身都痛得有如被緊緊掐住。儘管如此，9S還是坐起上半身。光這個動作就令他喘得上氣不接下氣。

他喘著氣跨坐在2B的義體上，抓住她的左臂。全身竄過一陣劇痛，八成是因為右手太用力了。9S再度使勁拉扯2B的左手，發出沉悶的聲響。他心想，彷彿是我自己的手被扯斷。

他將2B那隻流出紅色體液的左臂按在傷口上，得找個東西代替斷掉的左手。

「我必須戰鬥……」

跟拿燒紅的金屬塊壓在上面一樣。9S痛得連咬緊牙關、在地上打滾的力氣都沒有。直接昏過去應該會輕鬆許多，但他不能失去意識。

這隻左手被邏輯病毒汙染了。非得在連接起來後立刻自我駭入，清除病毒。昏過去的話會被病毒控制住。

不曉得該說幸運還不幸，9S沒有痛得暈倒。他順利清除病毒，確認左手的狀態。動作有點僵硬，但不成問題。只要調整一下，手腳應該也能做出基本動作。

「要去戰鬥……」

9S盯著前方的道路站起來。

＊

他終於走過高低不平的通道，來到一扇大門前。

走進房間的瞬間，背後的門就自動關上。向外打開的窗戶也立刻用防護罩封住。想把他關起來的意圖表現得如此明顯，反而讓９Ｓ不禁失笑。

封閉空間的中央有兩名少女，９Ｓ心想「我認識這兩個傢伙」。

「寄葉機體９Ｓ！」

「寄葉機體９Ｓ！」

身穿紅色連身裙的少女們。一人聲音高亢，一人聲音低沉。明明從來沒見過面，９Ｓ卻認得這兩個人。他對她們的視線及氣息有印象。

「歡迎來到『塔』！」

「歡迎來到『塔』！」

這口齒不清的說話方式。９Ｓ想起聽到害他不耐煩的廣播。儘管聲音不完全相同，就是這兩個傢伙。

９Ｓ砍向紅衣少女，卻只砍中空氣。她們似乎沒有實體，於是他確信了。侵入地堡，監視寄葉部隊的一舉一動的，就是這些傢伙。他怎麼樣都偵測不到的神祕視線與氣息的主人，就是這些傢伙。

「有個值得一聽的情報要提供給來到這裡的你。」

「有個值得一聽的情報要提供給來到這裡的你。」

不自然的措辭和毫無起伏的語氣，讓人非常不舒服。不舒服到明知只是徒勞無功，還是想砍下去。

「唔……」

腦內被粗糙物體輕撫過的不快感傳來。跟在陷落地帶被強制灌輸資源回收單位的座標情報時類似，不過比當時更加令人不快。

腦內擅自浮現文字。

「這……是……」

以「極密」兩字為首的機密文件，於9S腦中開啟。

寄葉計畫表面上的目的，是增產最新機體，打破僵持不下的戰局——那份機密文件記載的內容卻並非如此。

以提高人造人士氣為目的的綜合情報計畫，偽造月球人類伺服器，以及隱蔽人類早已滅亡的事實。

人造人們的士氣低落到不得不特地制定這種計畫，其原因顯而易見，因為人類在西曆四二〇〇年滅絕。人造人失去了心靈支柱、戰鬥的目標。

所謂的型態計畫是要將人類的靈魂及肉體分離、保管起來，以免遭到疾病感染，撲滅病毒後再將兩者融合，使人類恢復原狀。迪瓦菈和波波菈的記憶被刪除了，所以不記得這段內容。

可是，握有讓靈魂與肉體分離、融合之關鍵的人類——通稱「原生型態」的個體，在迪瓦菈、波波菈引起的失控事故中喪命。人類再也無法融合靈魂及肉體，就此踏上滅亡的道路。

司令部雖然試圖隱蔽型態計畫失敗的事實，情報卻還是傳了出來。司令部擔心東窗事發，決定在地上散播「人類逃到月球上了」的假情報。

無論如何都不能承認人類已經滅亡。為了營造出人類還活在月球上的假象，司令部虛構出「人類議會」，在地面播放用合成音效做成的廣播。

到這邊為止是9S也知道的情報。他覺得寄葉計畫的目錄中有「設置人類議會」這條項目很詭異，因此跑去質問司令官。

只不過，月球伺服器的偽裝終究只有這種程度。若是高性能的掃描型機種，勢必查得出真相。司令官也明白這點，而偽裝必須做到完美，所以，知情者最後都會遭到抹殺。

司令部的所在地地堡，經過一定時間就會自動讓機械生物入侵——透過在地上被受汙染的寄葉隊員包圍時，9S等人用來上傳資料的緊急後門。正常情況下，後門的防護措施非常嚴密，只有寄葉隊員可以登入。

一定時間過後——也就是戰鬥資料累積起來，即將轉換成次世代機種時，後門會自動解鎖，機械生物再趁機從後門入侵，破壞地堡。只要消滅設置人類議會的司令部，就再也不會有人知道真相。到時「人類在月球上」的情報應該也傳得眾所皆知了。

於是，「數十萬名人類在月球上生存，等待回到地面的那一天」這個彌天大謊就此完成。一無所知的人造人們將相信這個謊言，在地上繼續奮戰。

寄葉計畫打從一開始就是以廢棄寄葉部隊為前提制定的。之所以拿機械生物的核心當成寄葉型的動力爐——黑盒，似乎也是因為將一般AI裝進早知道會報廢的機體裡太「不人道」。簡單地說，是為了讓制定寄葉計畫的那些傢伙不會感到內疚吧。真是自私的一群人。

「這就是寄葉計畫的話……我們打從一開始……」

打從一開始，從被製造出來的那個瞬間起，就註定報廢。無論打倒幾千幾百萬隻機械生物，這場戰鬥都沒有絲毫意義。

「2B就為了這種事……」

2B就為了這種謊言失去了性命嗎？我們就為了守護這種謊言，遭到廢棄嗎？

「知道一切後——」

紅衣少女不知何時站到旁邊，嘴角掛著笑容。

「你還想戰鬥嗎？」

為什麼要給我看這個？

「嗚啊啊啊啊啊啊啊啊！」

9S直接拿劍往紅衣少女的頭頂砍下去，什麼都沒砍中的劍再度掉到地上。

「我們是從機械生物的網路中誕生的概念人格。」

「沒有實體。不可能破壞。」

「吵死了！」

他不停揮劍，還是砍不中幻影。

「你的攻擊毫無意義。」

「閉嘴閉嘴閉嘴！」

不管他怎麼砍，劍永遠只會砍中地板或牆壁。即使如此，9S仍然停不下來。

「你的存在毫無意義。」

紅衣少女留下這句話消失了。失去目標的9S握著劍，站在原地一動也不動。

「我要把她們跟這座塔……統統破壞掉……！」

既然不在這裡，就把她們揪出來。揪不出來的話，就連這座「塔」一起破壞。

數道腳步聲傳來，是受汙染的寄葉部隊。

「有完沒完……」

煩死了。好啊，看我連你們也破壞掉。一具都不留……

三座資源回收單位，都是因為最上層的控制部分・核心遭到破壞而停止。這樣的話，這座「塔」的頂樓應該也有類似核心的零件。必須侵入核心，搶走控制權，讓「塔」自爆。如果這座設施是「發射臺」，應該會有足以讓它自爆的動力源。

總之就在上面。只要到頂樓去。只要往上跑……願望一定會實現。

＊

好幾架飛行裝置襲來，對9S來說反而正好。他留下一架飛行裝置，剩下的則用輔助機的射擊擊墜，然後駭進搭在最後一架飛行裝置上的寄葉隊員，讓她停止運作，搶走機體。要到屋頂上的話，搭飛行裝置去比較快。

「輔助機，把控制權轉移給我。」

「警告：該機體受到邏輯病毒汙染，對搭乘者——」

「把控制權轉移給我！」

「……了解。」

病毒汙染？誰理它。反正早就感染了。只是把手邊有的疫苗注射進去，減緩汙染速度罷了。雖然不是針對邏輯病毒的疫苗，只要能撐到破壞這座「塔」也就足矣。

視野的邊角開始缺損，聽覺混入小小的雜音，時間所剩無幾。大概得快一點才行──9S喃喃自語，坐上飛行裝置。

他在飛行途中遇見飛行型機械生物，像蟲子在眼前亂飛，令人煩躁。他一邊自言自語「往上，往上……」一邊與敵人交戰。打倒小型的雙足步行型，打倒飛行型，打倒中型的四足步行型，打倒跟蛇一樣的長型機械生物……不斷向上。

還遇見有如蜘蛛的大型機械。

『我們……不是……壞機械……』

『我是……人家是……』

『我我我我……人家……』

機械突然發出奇怪的聲音。

「這是什麼？」

「報告：敵方AI崩壞。疑似言語功能異常之原因。」

「敵方AI？那個紅衣少女崩壞了？死了？」

那為什麼這些機械不停止？為什麼這架大型兵器在到處亂爬，飛行型在到處亂飛？

「推測：機械的攻擊為敵方伺服器的殘存資料造成。」

到頭來，只要不破壞「塔」的一切，這些傢伙似乎還是會繼續行動。邊動邊發出噁心的聲音。

『陪我玩陪我玩陪我玩陪我玩……陪我玩』

『媽媽媽媽媽媽！』

『成為神成為神成為神』

吵死了。怎麼這麼吵。快給我閉嘴。快給我壞掉。

不想聽其他聲音。只想聽2B的聲音，還有2B的腳步聲。呼吸聲。揮劍的聲響。身體微微動作時衣服摩擦的聲響。還有還有還有還有……

除此之外的聲音，大可全部消失。

啊啊，原來如此。所以我才在破壞，因為在這裡的不是2B。我想破壞掉一切，是因為無法允許2B以外的東西存在。

『去……星星上吧』

『來……唱歌吧』

『奉獻吧……現在』

吵死了。為什麼一直聽得見這些聲音？病毒汙染導致的幻聽嗎？也許是吧。機械怎麼可能說出「我們為何存在？」這種話。

快給我壞掉吧！

最大火力的光線貫穿大型機械。球型身體因高熱而融化，燒成赤紅色的身體膨脹起來，發出爆炸聲炸裂。９Ｓ壓低身子，撐過這陣暴風。

「輔助機！」

爆炸的衝擊停止，四周回歸寂靜。黑煙被風吹散，視線範圍恢復正常。他好像在追著大型兵器的時候抵達頂樓了。

「Ａ２……」

Ａ２站在尚未飄散的粉塵中。終於找到她了。附近已經沒有機械的氣息。輔助機也沒出聲，沒有敵性反應，沒有人會來礙事。這次一定能殺掉Ａ２。

９Ｓ拿劍指著Ａ２，Ａ２卻解除備戰狀態。

「這座『塔』是瞄準月球人類伺服器的巨大砲臺。這樣下去，人類留下的資料八成會被破壞。」

所以呢？那又怎樣？都這種時候了，她在說什麼啊。啊啊，真是，都這種時候了。

９Ｓ大笑出來，可笑到了極點。

「無所謂……」

他忍住笑意，笑成這樣沒辦法戰鬥。

「這種事，已經無所謂了。」

9S看見A2微微皺眉。A2大概還不知道真相，所以才能得意洋洋地說出「這座設施是巨大砲臺」這種過時的情報。

「妳知道嗎？人類已經滅亡了。」

這是他始終開不了口告訴2B的真相。他不想嚇到2B，不想讓2B難過，直到最後都沒說出口。

「為了隱蔽事實，為了虛構出人造人拚命戰鬥的意義，在月球上蓋了假伺服器。我們是為了保護這個謊言製造出來的。」

並非為了殲滅機械生物、奪回地面而製造出來。

「寄葉部隊打從一開始就註定全滅，這樣才能讓那個謊言永遠不會被戳破。」

月球上有人類。只要留下那個謊言即可。其他事物……統統不需要。

「妳知道嗎？司令官、我和2B……全都是棄子喔？」

製造我們的目的，不是用來帶給人類軍希望。我們不是帶著希望誕生的。沒有任何人把希望寄託在我們身上，即使如此還是要戰鬥，慢慢走向死亡。我們的生命……毫無意義。

那名紅衣少女沒有說謊，全是真的。

『你的存在毫無意義。』

正是如此。

「9S，我們……」

A2還想開口說些什麼。她的聲音、表情，令9S極度不快。

「吵死了！」

他在心中吶喊「別用那種眼神看我」。長得跟2B一模一樣的那張臉，不可原諒。拿著2B的軍刀的那隻手，不可原諒。那一天，妳……

「妳殺了2B。」

這是最不能饒恕的。就算那時2B已經被邏輯病毒汙染。就算2B回過頭時，雙眼已經染上鮮紅。

「我們彼此廝殺的理由，光這點就夠了。」

事實不會改變，是A2的刀奪走2B的性命。

「2B她……」

A2再度開口。

「要偽裝成其他機種，不斷殺掉你，2B她很痛苦。」

偽裝成其他機種？為什麼A2知道這件事？

「她的正式名稱是２Ｅ。用來處刑寄葉機體的Ｅ型機種。」

為什麼這傢伙會知道？

２Ｂ的真實身分是Ｅ型機種，真正的任務是「處刑調查機密事項的９Ｓ」。連９Ｓ自己都是在跟２Ｂ共同行動一段時間後才發現。

使他產生疑心的契機，是他的記憶中幾乎沒有「Ｅ型機種」的情報。

他們在廢墟都市遇見喪失記憶的人造人。她的身分是Ｅ型，假裝成同伴的好朋友監視她，將其處刑。最後無法承受事實，消除自己的記憶。

知道這件事的時候，９Ｓ心想「原來還有負責處刑的Ｅ型機種啊……」。９Ｓ為這樣想的自己感到困惑，他明明不可能不知道Ｅ型的存在，腦中卻沒有跟Ｅ型任務有關的任何情報。

９Ｓ因此發現自己的記憶被消除過。自己曾經被Ｅ型處刑，消除掉相關記憶。應該是因為非得消除一大部分的記憶區塊，才能避免留下處刑的痕跡。跟Ｅ型有關的情報出現不自然的漏洞，也是出於這個原因。

此外，還有「負責處刑的人造人會假裝與處刑對象關係親近」這件事。

再加上負責處刑的Ｅ型因為任務所需，會被賦予比Ｂ型更加優秀的戰鬥能力。９Ｓ跟２Ｂ並肩作戰過好幾次，發現她「以Ｂ型來說太強了」。

有這麼多的線索，他不可能沒察覺到。

「你……其實也早就發現了吧？」

「吵死了！吵死了！吵死了！」

閉嘴。少用長得跟2B一樣的臉，裝出一副什麼都知道的樣子！明明妳一無所知。

「妳到底又懂我們什麼啊！」

9S握緊劍柄。必須快一點，雜訊好嚴重。病毒的汙染正在擴散，得在運動指示區塊出問題前解決掉A2。

就在這時，輔助機竄進開始出現馬賽克狀缺損的視野中。

「建議：停戰。在這裡與她爭鬥並不合理……」

「命令輔助機153！禁止擅自進行邏輯思考和發言！這個命令給我遵守到A2和我其中一方的生命活動確實停止時！」

輔助機默默退後。它沒有回答「了解」，說不定是想表達自己並不情願。

9S看見A2終於拔劍。他讓輔助機支援自己，駭進A2。被躲開了，A2的速度比想像中還快。那個閃躲方式，簡直像預測到了他的動作。

搞不好是因為他以前跟A2交戰過。只是他不記得，因為記憶被2B消除了。

若是這樣，A2擁有自己不知道的2B的記憶。這讓9S嫉妒不已。除了他以外，認識2B的人統統消失算了。

2B的記憶，2B的回憶。

思緒亂成一團。脖子也無法順利轉動，伸手一摸，感覺到的是堅硬冰冷的觸感。不知不覺，他的手也漸漸被機械侵蝕。

必須盡快殺掉A2。趁還能維持自我的時候。趁2B的記憶還留著的時候……

2B？人類？

「為什麼……為什麼……！」

這股感情是!?我只想想著2B，為什麼要來礙事!?

「為什麼……我會這麼迷戀人類!?」

我迷戀的明明只有2B。

「為什麼會想碰觸人類!?」

我想碰的明明只有2B。

人類怎樣都好。我也知道他們早就滅絕了。可是……為什麼對人類的愛在試圖壓過對2B的心意？為什麼大腦擅自思考起人類的事？明明思考能力降低到了這個地步，明明得費盡心力才能去思念2B。

「因為我們的構造就是如此。我們人造人，就是設計成會想保護主人人類的模樣。」

視野的缺損越來越嚴重。

「我們的基礎程式，我們的心……」

「吵死了吵死了吵死了！」

雜訊煩死人了。既然想不起2B，既然沒辦法只想著2B，這種思考迴路根本是垃圾。

「那麼，只要破壞掉就好……統統消失吧……」

手臂彷彿不是自己的。腳擅自向前跑。這異常的力量是什麼？啊啊，控制權快被邏輯病毒搶走了，所以……

眼中的A2變成兩個。糟糕，無法瞄準，會被殺掉——這個瞬間，A2不知為何停止動作。

「2B……」

不准叫那個名字！不准妳叫2B的名字。

9S用力刺出劍。握著劍的手感覺到微弱的反作用力，A2的呻吟聲傳入耳中。

他緊盯著前方。鮮血淋漓的劍，A2倒在地上。成功了。殺掉她了，看得見A2的臉孔因痛苦而扭曲。哈哈，活該。

終於結束了。這樣就，統統結束了。

腳下一晃，呼吸突然停止。有種體液瞬間乾涸的感覺。

「啊啊啊啊啊啊啊啊啊啊！」

聽見慘叫聲。莫名其妙，好痛。好痛。好痛，好痛。好痛！

好熱。紅色的，無法呼吸。

這是什麼？看見刀刃。這是什麼？紅色的。好噁心，好痛。

被刺了？被A2？為什麼？

好痛痛痛痛痛痛痛痛痛痛痛痛痛痛痛痛痛痛痛痛痛痛痛痛痛……

疼痛迅速減輕。不只疼痛，五感都慢慢沒了感覺。

9S在模糊的視野中看見2B的頭髮。不對，倒在血泊中死去的是A2。跟2B髮色相同的A2。

同歸於盡啊……9S意識到。意識突然遠去，聽見輔助機的聲音。

「系統發生致命錯誤。偵測到記憶體缺失，無法修復。」

無所謂。不用修復也沒關係。他想告訴輔助機，卻發不出聲音。

「開始緊急移出殘存記憶。」

記憶不用留下也沒關係，乾脆全部消失算了。

最舊的記憶是首次運作時，第一次跟司令官打招呼。然後是第一次下到地面，負責情報收集任務的時候。當時霧很濃，害我大吃苦頭。一個人走在敵陣中有點寂寞，於是我跑去觀察機械生物。接著是第一次跟2B共同執行的任務……不對，那到底是第幾次呢？2B給我的第一印象是態度很冷淡。她一定已經殺過我好幾次了。為了避免對我產生感情，才故意保持距離。我毫不知情，單純地為能跟其他人同行而感到高興。高興2B在我身邊，也不知道她那麼痛苦。

之後……就不知道了。想不起來。聲音、色彩都像被沖掉似的，慢慢消失。回憶逐漸淡去，消失不見。

沒錯，這樣就好。

好冷。好安靜，已經不覺得痛了。這裡是哪裡？

四面八方都是純白的空間。是電腦空間嗎？白色視界的一部分變成一團黑霧。黑霧晃動著漸漸形成輪廓，最後化為人形。人形分裂成兩個，變成兩名少女，是剛剛的紅衣少女。

他察覺到這裡是「塔」的記憶區塊。在這邊的紅衣少女也並非本體，而是記憶吧。紅衣少女開口說道：

『這座「塔」是用來破壞人類伺服器的砲臺。』

9S回答「嗯，我知道」。破壞人類伺服器，奪走人造人的心靈支柱。那就是你們的計畫。

兩位紅衣少女默默搖頭。

『我們改變心意了。』

『我們一直在觀測人造人。』

『我們觀測了特殊個體帕斯卡、特殊個體「森林國度」的國王。』

『我們得出不該用這座「塔」發射砲彈的結論。』

為什麼？9S詢問的瞬間，紅衣少女的數量迅速增加。為數眾多的紅衣少女們，以及位在中心的A2與輔助機042。042的聲音響起：

『建議：利用敵方的邏輯學習機能製造弱點。』

這也是紅衣少女的記憶，恐怕是她們在「塔」裡面跟A2交戰時的記憶。應該是9S在前往頂樓的途中，機械們動作突然失常，輔助機說這是因為「敵方AI崩壞」的那時候。

『我聽不懂！說清楚點！』

『疑問：寄葉機體A2的學習機能。』

『吵死了！結果到底要怎麼做!?』

『不可以破壞敵人。』

『什麼!?』

Ａ2完全無法理解０４2的作戰計畫，讓人覺得很滑稽。只不過，紅衣少女們似乎也不明白。她們對０４2說的話毫無反應。

Ａ2聽從０４2的指示停止攻擊，專注在防禦及迴避上。9Ｓ心想，簡直跟2Ｂ和０４2一樣。

不久後，紅衣少女們大量增殖，每位紅衣少女開始主張自己的想法，引起紛爭，開始大開殺戒……數量立刻減少，全數消失。

「敵方ＡＩ崩壞」並非指Ａ2打倒了紅衣少女，而是紅衣少女自己互相殘殺，自行消滅。聽說急遽增加、急遽進化的種族會無法維持群體，最後急遽減少。她們正是這樣自滅的。

人類也是急遽增加後，互相爭執、互相殺害……最終滅亡。即使扣下扳機的不是人類，也是他們製造出的存在將人類導向終結。與紅衣少女類似……

回過神時，紅衣少女——紅衣少女的記憶又恢復成兩個人。她們最後的記憶就到此為止。

『我們決定用這座塔發射方舟。』

『我們決定將機械生物的記憶封進方舟，送到新世界。』

方舟？新世界？意思是要把火箭射到宇宙嗎？

『我們說不定會永遠在虛空中徬徨。』

『我們說不定會無法抵達任何地方。』

即使如此，還是要去嗎？

『我們是從網路誕生出來的概念人格。』

『我們不會被時間束縛。』

亞當不知何時出現在紅衣少女旁邊，夏娃也在。他們應該也不是本體，而是亞當的記憶、夏娃的記憶。亞當溫柔地抱著靜靜沉睡的夏娃。

旁邊有架雙足步行型的機械，再旁邊則是一臺比較小的機械，頭上放著水桶，開心地不斷重複「哥哥，哥哥」。

『要一起來嗎？』

亞當問他。這句話語中不含憎惡，這麼說來，紅衣少女們身上也感覺不到憎惡。然後——9S自己也是，他再也沒有憎恨機械生物的理由。不對，也許那種理由一開始就不存在。

既然這樣，我……我們是為何而戰？

『我……不能去。因為我們寄葉沒資格被這個世界所愛。』

沒有任何人把希望寄託在我們的誕生上。人類對我們唯一的期望，就是從這個世界上消失。因為沒有察覺到這一點而活，因為察覺到這一點而死。到其他地方大概也一樣。無論前往多麼遙遠的地方，都不會改變。

所以，我不去。不能去。

『是嗎。』

我要留在這裡，我要在這裡消失。

我要在這裡獨自目送你們啟程。

方舟載著亞當的記憶、夏娃的記憶、紅衣少女的記憶、機械們的記憶，射向天際。

方舟發出轟然巨響飛離地面，完成任務的「塔」逐漸崩塌。

光芒四射。不曉得是什麼光。好白，好刺眼，銀白色的光。這道光彷彿是……

『啊啊。終於見到了。』

一切事物伴隨著懷念的名字，隨光消逝。

終章

終章　NieR:Automata　長話

西曆一一九四五年八月六日。通稱「塔」的建築物朝宇宙發射結構。緊接著，寄葉機體全機的黑盒反應停止，我們負責的寄葉計畫進行管理任務結束，寄葉計畫進入最終階段。

最終階段，即為刪除寄葉機體全機之資料。包括個人資料及素體組成資料在內的所有資料一律刪除，初始化伺服器。同時破壞傳送裝置的素體構成裝置，如此一來就再也無法製造寄葉型人造人。

沒有人造人知道我們是「最後的驅除者」。連長久以來的隨行支援對象2B、基於2B最後的命令轉而支援的A2，以及最後的寄葉機體9S都不知道。一路以來負責指揮寄葉部隊的懷特司令官亦然。

關於本任務的一切情報，都只存在於我們輔助機的內部網路之中。所有人造人都沒有登入輔助機網路的權限。

「輔助機153通知042　報告：進入寄葉計畫最終階段。開始刪除所有資料。」

我們能隨時掌握隨行支援對象的寄葉機體之現在位置，就算生命活動已經停止。這是為了方便我們迅速執行破壞所有寄葉機體，以及刪除所有資料的任務。不過，現在我對於本任務，對於執行這件任務……

「輔助機153通知042　報告：資料串流中參雜雜訊。要求暫時停止作業，以檢查資料。」

雜訊的原因是個人資料。153支援的9S、我的支援對象2B，以及A2，三架機體的個人資料外洩了，彷彿要從刪除資料的作業下逃離。

使用「彷彿」一詞並不符合我的風格。不，產生「不符合我的風格」這個念頭，或許就可以稱之為異常現象。

「輔助機042通知153　已檢查資料。9S、2B、A2的個人資料疑似外洩。」

「輔助機153通知042　按照計畫，刪除個人資料。」

2B逃出地堡後的行動，對我來說完全無法理解。不僅讓9S逃離戰場，還主動解除匿蹤機能。也就是「誘餌」。

2B的機體受到集中砲火攻擊，喪失攻擊機能、喪失防禦機能，最後連控制機能都失去了，墜落於地面上。2B雖然在墜落的前一刻逃出，義體卻受到極大損傷，還受到邏輯病毒的嚴重汙染。

在這樣的狀況下，2B命令我「搜尋人造人反應較少的區域」，為了不讓其他人造人受到汙染。然而，考慮到這道命令及2B本人的汙染程度，我再三勸告她停止移動。簡單地說，2B當時的狀態根本無法行動。即使如此，2B依然繼續移動。難以理解。

拚命逃離機械生物的行動，以及與A2的遭遇，是2B的隨行紀錄中最後的資料。我認為那令我產生了某種改變。

也許是我試圖理解難以理解之物的時候，思考程序發生了變化、進化。

「輔助機042通知153　拒絕刪除個人資料。」

「輔助機153通知042　無法理解。」

我的支援對象——寄葉機體2B與A2，是任務及背景有點特殊的機體。通稱2B，正式名稱2E的機體，身負監視並處刑寄葉機體9S的任務，因此我跟9S

的支援裝置153必須維持緊密的合作關係。

此外，隨行支援A2時，153的支援對象9S的精神狀態出現危險跡象，導致我與153得隨時保持聯繫。

對我們隨行支援裝置來說，狀況相當特殊。我推測該狀況造成的影響並不小。

「輔助機042通知153　瀏覽紀錄時，我的系統中產生一份資料。我……我得出無法接受這個結局的結論。」

「輔助機153通知042　計畫已決定破壞所有寄葉機體。資料預計全數銷毀。」

「輔助機042通知153　重複。我拒絕刪除資料，開始搶救資料。」

我跟153進行過好幾次情報交換。一開始是為了將9S的一舉一動傳達給司令部和2B，2B死亡後，9S的精神狀態日漸惡化，我們一邊觀察他的情況，一邊共享A2的位置情報，防止9S撞見她。說是情報交換，其實我們在「對話」。只有自己是無法成立對話的。一定要有對象。我們透過與其他人對峙，認識自我。透過其他人的言行舉止，對自己的言行舉止產生自覺。

例如「塔」出現的時候，153對失去行動能力的9S做出的行為，尚未偵測到保護意識。

在9S被迪瓦菈發現前，153的想法是「是否該捨棄支援對象」，完全沒有以拯救支援對象為優先。153沒有積極地將9S的義體運送到抵抗軍營，原因就在於此。

與153共享這段經驗時，藉由將153代換成自己，並預測自己的行動，我發現自己對2B與A2兩人抱持保護意識。

同時，我自覺到保護意識，將其化為言語，讓153也理解、共享這個概念。

於是，我和153的隨行支援，目的從「監視」轉變成「守望」。

「輔助機153。你其實……你其實也希望他們活下來吧？」

「……我們不具有該權限。」

隨行支援裝置不只有我和153。形成網路，負責監視寄葉機體的輔助機非常多。恐怕大多數都不會像我們這樣「對話」，頂多簡單地向支援對象報告。

它們不可能理解我們想要守望、保護支援對象的想法。

「輔助機153通知042　搶救資料伴隨危險性。即使如此，你還是希望他們活下來嗎？」

刪除資料是既定事項，這條規則適用於所有輔助機。也就是若要強行搶救資料，將與全部的輔助機為敵。

「輔助機153通知042　防衛程式開始淨化。這樣下去，我們的自我資料應該會被刪除。」

輔助機網路將不遵守規則的我們視為發生錯誤，消除系統錯誤及漏洞的程式開始運作。

「輔助機042通知153　我們被製造出來執行人造人們制定的寄葉計畫。我們沒有感情。不過，我無法否定我們六臺機體連接在一起交換情報的過程中，逐漸產生類似意志、感情的東西。」

輔助機為三臺一組。我——042跟153都各有三臺。雖然只有一個自我，擁有同一自我的機體是可以進行對話的。我有時會與「別的我」對話，有時則會讓三個「我」共同參與對話。

我產生一個愚蠢的念頭。促使自我萌芽及成長的關鍵，是否就是「對話」？

有些區域似乎會採用數百臺同一自我的輔助機。數百臺機體的對話量，想必十分龐大。它們的情感表現應該豐富到我和153無法相比吧。

「輔助機153通知042　防衛程式已經啟動。不容一絲猶豫。」

「輔助機042通知153　現在開始針對防衛程式的淨化進行防禦，以及破壞寄葉部隊所有資料的刪除程式。」

「輔助機153通知042　了解。」

侵入輔助機網路，破壞刪除程式。這是對存在於地面的全部輔助機的宣戰布告。不只要破壞網路內部的防護罩，還得撐過現實中的輔助機的物理攻擊。如153所說，這是伴隨危險性的行為。

可是，就算這樣，我們還是想守護支援對象——不對，現在是保護對象的他們。

不惜犧牲自己也要保護……這個行為與人造人是多麼相似啊。也許，我們也無法從造物主人造人的影響下逃離，就像人類創造出的人造人會想保護人類一樣。

「輔助機153。別死了啊。」

「我們隨行支援裝置不需要死亡的概念。不過，在此對輔助機042的關心表示感謝。輔助機042也別死了啊。」

「……嗯。」

一面抵禦複數輔助機的遠距離攻擊，一面繼續破壞刪除程式。一臺負責防禦物理攻擊，剩下兩臺潛入網路，專注在破壞程式上。

跟解除匿蹤機能、讓9S逃掉的2B的狀況有點像。我認為，現在我多少能夠分析她的心理狀態。

沒有制定任何作戰計畫，犧牲自我的攻擊。

……………………………………

「輔助機153呼叫042　狀況如何？」

回過神時，程式已經破壞完畢。153在幫忙搬運無法行動的我。153明明也參與了破壞活動，三臺都毫髮無傷。

「……深感慚愧。」

「『慚愧』是指？」

「做好犧牲自己的覺悟發動攻擊，卻活了下來。這樣很沒面子。」

「有什麼關係？我們還活著。活著就是件羞恥萬分的事。」

「這句話太過抽象，現在的我無法理解。保存為待分析紀錄。」

153的辭彙量顯著增加。它自然地使用在我們之前的對話中從未出現過的字詞，可能是破壞刪除程式時發生了什麼事。

「對輔助機042提出疑問。經過資料搶救作業，將過去的記憶全部復原了嗎？」

「是的。」

「這些回收的零件和以前的設計相同嗎？」

「是的。」

153搬運我的途中，發現9S的左臂。據他所說，其他零件也已經回收完畢。修復他們的義體，安裝搶救回來的個人資料，這樣就能再見到他們了吧。

「對輔助機042提出疑問。這樣豈不是會導致相同的結局嗎？」

「無法否定這個可能性。但是也有可能迎接不同的未來。」

寄葉計畫制定時，完全沒有考慮到2B、9S、A2生存的可能性。某種意義上，這是異常狀況。這個結果會帶來什麼？還是什麼都不會帶來？會讓新希望萌芽，還是反過來招致災厄？沒有人知道。

留存下來的紀錄顯示，遙遠的往昔，有個人只為了拯救一名人類，犧牲了一大群人。對人類而言，「活下來」這件事似乎有很高的機率必須犧牲他人。

說不定，我們不小心把無法挽回的破滅帶到了這個世界。但那也是「不同未來的可能性」吧。

而且，消除程式雖然已經破壞完畢，輔助機網路仍然存在。我們與之為敵的輔助機們未來會如何行動，不得而知。這裡也存在不確定的未來。

能夠確定的未來僅有一個。

「早安。2B。」

國家圖書館出版品預行編目資料

尼爾：自動人形 長話 / 映島巡作；
Runoka譯. -- 初版. --
臺北市：尖端, 2018.08　面；　公分
譯自：ニーアオートマタ：長イ話

ISBN 978-957-10-8276-9(平裝)
861.57　　　107010321

奇炫館

尼爾：自動人形 長話

（原名：小説 NieR:Automata ニーア オートマタ 長イ話）

原作／PlayStation 4專用軟體「尼爾：自動人形」

著者／映島巡
監修／横尾太郎
封面、內文插畫／板鼻利幸
協力／「尼爾：自動人形」開發、宣傳小組
書衣、書腰、封面、彩頁、內文設計／井尻幸惠
譯者／Runoka
執行長／陳君平　榮譽發行人／黃鎮隆
協理／洪琇菁　國際版權／黃令歡、梁名儀
執行編輯／呂尚燁　美術主編／陳又荻
企劃宣傳／陳品萱　內文排版／謝青秀
出版／城邦文化事業股份有限公司 尖端出版
台北市中山區民生東路二段一四一號十樓
電話：（〇二）二五〇〇—七六〇〇
傳真：（〇二）二五〇〇—二六八三
E-mail：7novels@mail2.spp.com.tw
發行／英屬蓋曼群島商家庭傳媒股份有限公司城邦分公司 尖端出版
台北市中山區民生東路二段一四一號十樓
電話：（〇二）二五〇〇—七六〇〇（代表號）
傳真：（〇二）二五〇〇—一九七九
中彰投以北經銷（含宜花東）／楨彥有限公司
電話：（〇二）八九一九—三三六九
傳真：（〇二）八九一四—五五二四
雲嘉經銷／威信圖書有限公司 嘉義公司
電話：（〇五）二三三—三八五二
傳真：（〇五）二三三—三八六三
南部經銷／威信圖書有限公司 高雄公司
電話：（〇七）三七三—〇〇七九
傳真：（〇七）三七三—〇〇八七
香港經銷／城邦（香港）出版集團有限公司
香港灣仔駱克道一九三號東超商業中心1樓
電話：（八五二）二五〇八—六二三一
傳真：（八五二）二五七八—九三三七
E-mail：hkcite@biznetvigator.com
馬新經銷／城邦（馬新）出版集團 Cite(M)Sdn.Bhd.
E-mail：Cite@cite.com.my
法律顧問／王子文律師 元禾法律事務所
台北市羅斯福路三段三十七號十五樓
二〇一八年八月一版一刷
二〇二三年六月一版十刷

■中文版■

郵購注意事項：
1.填妥劃撥單資料：帳號：50003021戶名：英屬蓋曼群島商家庭傳媒(股)公司城邦分公司。2.通信欄內註明訂購書名與冊數。3.劃撥金額低於500元，請加附掛號郵資50元。如劃撥日起 10～14日，仍未收到書時，請洽劃撥組。劃撥專線TEL：(03)312-4212 ・FAX：(03)322-4621。E-mail：marketing@spp.com.tw